原来人生还可以这样过

普通人的纪实人生故事

程书徽 著

我是谁？

我从哪里来？

我要去哪里？

大江南北的60后、70后、80后、90后，

告诉你一个普通人的答案！

中国出版集团 现代出版社

图书在版编目（CIP）数据

原来人生还可以这样过：普通人的纪实人生故事／程书徽著. －－北京：现代出版社，2022.1

ISBN 978－7－5143－9661－4

Ⅰ. ①原… Ⅱ. ①程… Ⅲ. ①新闻采访－作品集－中国－当代 Ⅳ. ①I253

中国版本图书馆 CIP 数据核字（2022）第 021130 号

原来人生还可以这样过

作　　者	程书徽
责任编辑	杨学庆
出版发行	现代出版社
通讯地址	北京安定门外安华里 504 号
邮政编码	100011
电　　话	010—64267325　010—64245264（兼传真）
网　　址	www. xiandaibook. com
电子信箱	xiandai@ cnpitc. com. cn
印　　刷	北京荣泰印刷有限公司
开　　本	880 毫米×1230 毫米　1/32
印　　张	7. 25
字　　数	158 千字
版　　次	2022 年 1 月第 1 版　2022 年 1 月第 1 次印刷
书　　号	ISBN 978－7－5143－9661－4
定　　价	58. 00 元

献给我的父亲母亲

幼年时的
Haster

在弹冬不拉的 Haster

旅行达人鱼丸说：

人生走过的路、看过的景、遇到的人都好好地收藏在心里，给回忆带来色彩，让过去的时光不至于虚度，也激励余下的人生。

女漫画家王××的第一张海豹生活图

女漫画家王××的第一次签售会

“山里娃”说：在生命最后一刻，我能感觉到自己是个有意思的人，就足矣。

“痞子”孙荣波的人生寄语：

在我的葬礼上不要放哀乐，我要放二手玫瑰乐队的《煎饼侠》。我希望，来参加我葬礼的人，最后谈起我时，能点点头，说：“嗯，是个好人！”

在泳池里，能依靠的只有自己，所以，必须坚定自我，在一次次的怀疑、骄傲、动摇、拼搏中，把自己的内心调节到最平衡的状态。

在跑步中，我真切地感受到村上春树所说的“生存的质量并非成绩、数字、名次之类固定的东西，而是含于行为之中流动性的东西……”

在叙利亚战争中采访的战地记者仝潇华和当地士兵

艾琳说：我不喜欢被称为女强人。在我看来，这个称呼，隐含了太多刻板和坚硬，而我想要饱满、多面的人生，像水一样，既有穿石裂谷的力量，也有润化坚土的柔和。

从郑州搬到腾冲和顺小镇的郑乐乐说：

“没有从前在城市快节奏工作时的焦虑，也没有只是短暂旅游那种不能安心的浮躁心理，我把生活沉淀在了这里。

“对我来说，和顺不再是一个旅游名胜地，和顺就是我的家，是我简单生活的地方。”

云南腾冲高黎贡山脚下的十五万亩花海，“高黎贡山下的伊甸园”，2015 年被《国家地理杂志》评为“云南最美的地方”。

郑乐乐亲自主持建造、装修的这个酒店，就在花海之中。

在这片雪域高原，一年当中留给养路工人给公路涂上柏油的时间，只有六月底到七月初一个月，唯有这一个月的温暖，可以让柔和似水的柏油弥合千疮百孔的109 国道。

所有人的车就这样“幸运”地闯进了这段宝贵的时空里。

而这位可可西里的养路工，在这半个月里，得天天从早八点到晚十点半在路上指挥堵塞。

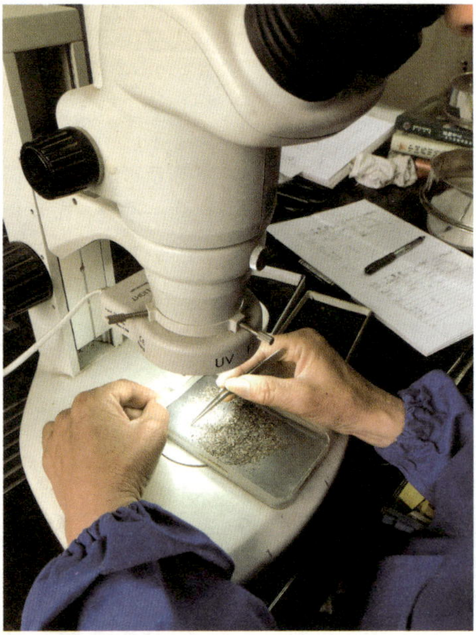

考古遗址植物类遗存研究工作的第一步是浮选，即将遗址中的土用筛子在水中清洗。清洗出来土样分为轻浮和重浮。

轻浮主要是一些质地较轻的例如种子、果壳等遗物，重浮则是一些骨头、木炭、碎陶片等。

第二步是实验室分拣，把洗出来的遗物在显微镜下挑选出来。

第三步是分类鉴定，即进行植物种子等遗物的种属判断、统计。

自　序

“让我心脏差点蹦出来的画面出现了：一头比我还高一些的黄色母熊朝我们走来，它脚边还跟着四头很小的熊崽，距离我们不到一百米！”

当 Haster 告诉我的时候，我也禁不住屏住了呼吸。

如果当时那头大熊没有退却，我就没有机会认识眼前这位哈萨克小伙子、亲耳听到冬不拉唱起忧郁的歌谣，也再无可能了解北疆草原上的成长故事和他想留在上海的心愿了。

两年前，我重拾大学时代的专业技能，开始了独立的人物纪实采访实验。出发点很简单，人生三大终极疑问困扰着我，我想听听，别人在怎么寻求这三个问题的答案：

我是谁？

我从哪里来？

我要去哪里？

于是，两年之间，通过中间人介绍、自己主动联系，我跟这些形形色色的朋友见了面：

驻外记者兼歌唱家、独自闯荡的职场女强人、戏剧节主创、想留在上海的哈萨克小伙子、漫画家、云南民宿老板、可可西里养路工、考古技工、律所合伙人、旅行大V、司仪、游泳冠军……

跨越时空的山海，这么巧，我们都出现在疑问和追寻的人生咖啡馆里，他们慷慨地分享了他们的来路、对去处的构想、他们的思虑与追寻。

原来，每个人对同样问题的答案，可以像每个人的人生一样，如此千姿百态、独一无二：

“如果是我，我宁可疯狂地奔跑一次，哪怕冲下悬崖粉身碎骨，也好过被绳子拴着，死气沉沉一辈子。”

“我好不容易从农村走到大城市安了家，难道现在又要回到农村，让我的孩子重新成为农村人吗？”

“做考古，最重要就是思想纯洁……就是，什么都不能想!”

“人生并没有那么明确的目标，比目标更重要的是：生命的河流流淌过哪里、体验过什么。”

“只要体验过、开心过，就够了。”

“在生命最后一刻，我能感觉到自己是个有意思的人，就足矣。”

……

两年之间，世界变了个样，很多人出生了，一些人离去，很多人的生命，被第一次经历的重大疫情永远改写。

然而，让我惊讶的是，他们的探索还在原来的道路上继续，他们的答案，依然跟两年前没有什么变化：

驻外记者继续报道着北国和战火；

旅行达人争取一切机会继续着旅行；

游泳冠军加入了“泳神俱乐部”，正能量依然满满；

戏剧节主创不得不少办了很多活动，但是“做中国当代戏剧教父”的目标，依然在缓步前进中；

对“什么都不想”的考古技工，两年只是考古视野中的一瞬，他所做的事情，在所有人当中，最接近永恒。

……

“自其变者而观之，则天地曾不能以一瞬；自其不变者而观之，则物与我皆无尽也。”东坡诚不欺我。

我感激命运让我看见这些朋友，听见这些故事，现在，我把他们的故事也分享给你们。

这些来自大江南北的60后、70后、80后、90后，无论传统还是“另类”，都在咀嚼着生命的酸甜苦辣，都在思索着共同的问题。每一篇文章，都是一段人生的缩写，是一个人对自身存在的自我解析。

愿所有在探索路上踽踽前行的人们，都能从中看到星光，读到希望，点亮自己的灯火。

目　录

Ⅱ — 原来人生还可以这样过

Ⅳ — 原来人生还可以这样过

上海像是第二故乡，
但是老了还是要回阿勒泰

——来自一个哈萨克小伙的成长故事

—

采访时间：2019 年 1 月 17 日

姓名：Haster

性别：男

年龄：23 岁

—

生于新疆维吾尔自治区伊犁州阿勒泰市的哈萨克族人，上大学前从未到过新疆以外的地方。目前在上海某大学念法学专业，希望成为新上海人。

俯瞰着碧蓝的喀纳斯湖，在禾木村哈萨克牧民家吃包尔萨克（一种油炸面食）的时候，我没有想到一年后会在上海看到一个来自喀纳斯的哈萨克人，在我面前用冬不拉弹唱起哈萨克的歌谣，听他讲起那遥远的地方的故事——时空和际遇的奇妙永远超出人的想象力。

面对那片令人沉醉不思归的边疆美景的时候，我羡慕当地人生长于这样的奇境，而如今，从喀纳斯走来的Haster跟我说，他想留在上海。生活就是如此，我们习以为常的生活，其实有着某一方面令他人向往。

至于民族的差异，又何足挂齿。

我们都一样怀揣着某种思念给予的力量，向着自己期望的生活努力前行。

走出阿尔泰山的牧民后代

离上海四千公里远的阿勒泰，是一个面积比上海还大一半，人口却不到70万的北疆小城。高大的阿尔泰山南麓和广袤的准噶尔盆地环抱着这片新疆最北部的大地，这里是被称为“中国最后的游牧民族”的哈萨克人千百年来繁衍生息的故乡。

我叫Haster，一个哈萨克牧民的后代。

我的爷爷奶奶都是阿勒泰市下属山区的牧民，在年复一年的转场放牧生活中，他们用自己的坚忍和勤劳养育了五男五女，我的爸爸排行第五。

在原野上度过了一个传统哈萨克人的童年之后，生性灵敏而努力的爸爸考上县城里的高中和大学，随后在阿勒泰市里工作、定居下来，于是，哥哥和我就在城里而不是牧场里出生了。

我小时候，做森林公安的爸爸忙于工作，经常不在家，新疆地域辽阔，他有时出差会两三个月不能回来。我和哥哥由在木材厂做工人的母亲照料。

我们的小家庭是典型的严父慈母的组合，爸爸虽然经常不在家，但是对我们的严格要求并不因为在外而放松分毫，他通过勤学奋斗改变了自己作为哈萨克牧民在野外辛劳艰苦的命运，因此也特别要求我和哥哥要认真学习，放学就必须回家，绝不能因为是男孩子就随便玩闹。

在这样的氛围中，哥哥和我虽然有小孩的顽皮，但都勤勤恳恳不敢叛逆，我们的学习成绩一直都在全班名列前茅，如果有一点点差错，爸爸的棍棒可是会毫不客气的。但是，哈萨克男人对孩子发自内心的疼爱也是毫无保留的，教训完犯错的我们之后，他又会亲昵地把我们搂过来。

爸爸虽然走出了牧区，但是骨子里仍然是传统的哈萨克人，从小到大，我们在家都是说哈萨克语，他也没有让我们兄弟读汉族班，而是读针对哈萨克族的民族小学，用哈萨克语学习和书写。在我小学三年级的时候，他还请在市文化局的朋友专门教我弹哈萨克民族乐器冬不拉。

小学毕业时，我考上了“内初班”，这是新疆为了扶持少数民族教育，在乌鲁木齐、克拉玛依、石河子、奎屯、昌吉、哈密、库尔勒和阿克苏 8 个城市设立的新疆区内初中班，相当于内地的市重点初中。

我考上的那个内初班在石河子八中，离家有 8 个小时车程。去上学的时候，妈妈既担忧又不舍，爸爸倒是很淡定地勉励我好好学习。于是，12 岁的我第一次离开家，开始了全封闭式的初中生活，舍友成了我在家人之外最亲密的人。

我们宿舍一共八个人，其中包括两个汉族的同学，都是刚刚脱离父母约束的同龄人，大家从区内各地聚集到同一个屋檐下，感到既新奇又自在。我们一起摸索怎么做家务，一起想方设法在学校找乐子，每个月仅有的两小时出校时间更是我们难得的欢乐时光。

内初班没有寒假，所以，我每年只有暑假才能回家。在石河子八中度过的三年，是我第一次独立生活，也是我离开传统哈萨克人聚居环境，融入多民族城市生活的开始。

中考的时候，爸爸希望我继承他的职业道路，去考西安八一民族军校，毕业后可以走军警路线。可是，那所学校的录取分数线太高，于是，我读了阿勒泰市里的汉族学校，又回到了温暖的小家庭里。

高考的时候，父母希望我像哥哥一样学法律，或者读医科——对传统的小城父母来说，律师、医生之类的职业既稳定又有社会地位，对男生来说是最理想的人生选择。

我平时的主要爱好就是弹琴、打篮球、看看历史书，但是从来没有想过把这些爱好作为职业，在十七八岁的年纪还对自己的人生没有清晰的想法。于是，满足父母的期待成为我顺理成章的选择，我考上了上海某大学的法学专业。

在夏牧场遭遇大自然的惊险考验

四千公里以外的上海，是 18 岁的我从来没到过的遥远的地方。从小到大，面积占国土面积六分之一的新疆就已经够我到处跑了。虽然在新疆土生土长，但是，那些巍峨的山峦、莽莽苍苍的林海、广袤无际的大漠，都是让我看也看不完的美景，我感到自己如此幸运和幸福，能生长于这片世上无与伦比的广袤和丰美的大地。

每年假期，爸爸都会带我和哥哥去牧场，骑马、放牛、养羊和骆驼，对哈萨克孩子来说是再正常不过的事。

高考结束后的暑假，爸爸带我和哥哥回到了爷爷奶奶曾经的牧场，爷爷奶奶随着叔伯姑姑们搬到市里以后，牧场就按政策归还给政府了。我们开了两个小时车，又骑马奔驰了两个小时，才到达了在两座山的山坳之间的牧场。

牧场现任主人胡马尔一家热情地招待了我们父子三人。哈萨克人有一句谚语："家里一半的财富是客人的。"意思是，每个家庭的丰饶都有赖于他人的帮助——在地广人稀的原野上，牧民之间需要互相照应，才能安稳度过严酷的自然考验。

因此，哈萨克人之间习惯了互相尊敬、互相给予。于是形成了特别好客的民俗，只要有客人来访，一定会把毡房里布置一新，准备好家里最上等的饮食。对待第一次登门的客人，传统哈萨克牧民还会宰一只羊来款待呢。

我们在胡马尔家度过了热闹温馨的白天，晚上就住在他家的毡房里。

夜晚的阿尔泰山吞吐着舒缓的呼吸，夜深人静的时候，我们却被低沉绵长的轻吼声惊醒了。爸爸说，是对面山上的狼在叫。

我想起白天胡马尔告诉我们，最近牧场附近出现了狼群的踪迹，他们家和其他牧民也跟爸爸报告了这个消息，希望公安能够帮助他们赶走狼群，保护牧场人畜的安全。

第二天一早，胡马尔的儿子哈白带路，爸爸带着我们兄弟，我们四人骑马赶到对面半山坡，路途渐渐陡峻，我们下马又爬了半个多小时，来到山顶，没有发现狼窝，但是，地上的确有隐隐约约的狼的足迹。

我们正要离开，一转身，在约一百米外的斜前方，赫然站着两个棕色的矮壮的身影——熊！我瞬间感到汗毛倒竖，其他人想必也是同样的感受，大家都杵在原地，一时不知道怎么办才好。

那两头熊看起来差不多到我胸口位置，估计是三四岁年纪的幼熊，它们也看着我们，神色悠闲，又有点懵懂，也许是还没有过捕猎的经历，还不明白眼前四个直立行走的人类是什么动物。

它们虽然没有表现出攻击的意思，但是也不离开。面对这样的猛兽，我们既紧张害怕，又不得不顾及它们是国家保护动物。

爸爸带了手枪和平时打鸟用的老式猎枪，我们都没有带刀，这两把枪是我们唯一的武器。爸爸试探着往两头熊脚边开了几枪，因为不想伤害它们，所以并不瞄准，只希望吓退它们。一边开枪，我们一边慢慢往返回的方向走。两头熊并不离开，也闲庭信步一样地跟我们保持着距离。

走了不多远，让我心脏差点蹦出来的画面出现了：一头比我还高一些的黄色母熊朝我们走来，它脚边还跟着四头很小的熊崽，距离我们不到一百米！

母熊和四头熊崽跟之前两头幼熊会合在一起，七头猛兽齐刷刷对着我们四人。空气瞬间凝固了。我们全部不敢妄动。

我四处观望，我们站着的地方是很陡窄的山坡，要跑估计也跑不快，只能硬着头皮对峙。爸爸带头用哈萨克语大喊："熊！熊！"

我们领会过来，也跟着喊，希望用喊声吓退它们。

手枪只剩两发子弹和最后一个有九发子弹的弹匣，猎枪经常卡壳靠不住，我们只能靠那把珍贵的手枪了。爸爸向母熊脚下的地上连开几枪，火药味弥散开来。

母熊迟疑地看着我们，也许是闻到了意味着危险的火药味，也许是看我们还没有伤及它的孩子，也顾忌带着幼熊和熊崽们不便于跟我们较量，它跟我们对峙了十几分钟，才慢慢转身，带着小熊们离开。

我们盯着它们的身躯走出视线，转身狂奔向驻马的地方——要是它们去袭击我们的马，可就更糟了！没有马，山里也没有信号，我们凶多吉少。

我们跑了二十多分钟，终于看到了还在悠闲吃草的马匹，稍微放下心来。我才敢转头回看刚才遭遇熊的山坡，结果，在对面另一座大山中看到了那几头熊的身影，这不到半个小时，它们已经小跑到了另一座山，比我们全力奔跑的速度快得多。看来，刚才就算是地势允许，我们也没办法靠跑逃脱。

爸爸后怕地说，一头成年棕熊力大无穷，单手能抡起一头牛！哈白也说，他们也很少看到熊，我们这次真是大难不死。

脱险之后，我才感觉有点懊恼，刚才在山坡上，随身带的老式诺基亚手机黑屏了，没有拍到熊的照片，太可惜了！

回到家我把这次的奇遇告诉妈妈，她一脸轻松地笑我："你要是真遇到熊，现在哪里还能站在我面前呢！"任凭我手舞足蹈地形容当时的场景，她都当我是孩子气的玩笑话，真是让人无可奈何！

从小到大，我每个假期都回到山野之间，但只跟经过驯养的牛、马、羊、骆驼等牲畜相处，跟熊的正面遭遇，是我第一次亲身经历大自然中的危险。虽有紧张害怕，但是在我们哈萨克人的信仰中，天生万物，动物们都是有灵性的生命。对大地母亲养育的一切生灵，我们都应当心存敬畏，尽量让万物自然地存在。

我想留在上海

九月很快就要到了，我终于要开始第一次到内地求学的生活。

从阿勒泰机场出发，经过十多个小时的中转飞行，飞机终于降落在上海虹桥机场。即将降落之前，我从舷窗向下望，平坦的黑色大地上到处闪烁着星星点点的霓虹灯光，上海好像没有我想象中繁华嘛！我以为大上海应该是像美剧里面的纽约那样五光十色的国际大都市呢。

走下飞机，我第一感觉是喘不过气来——在温带高原长大的心肺一时适应不了沿海城市湿润的空气。

我的大学在远离外滩的郊区，刚开始，我也觉得有点不适应，分明是来到了乡下读书啊，跟国际大都市的繁华差距太大。

不过，大学的老师同学们都很友好，很快，我就喜欢上了上海。这里的生活节奏比阿勒泰快很多，但是，这里汇聚了中国最先进最新潮的生活工具，生活非常便捷，也非常有活力。

唯一需要适应的是没有暖气的冬天。我们在上海的阿勒泰人常常聚会，大家都感叹，冬天的上海比阿勒泰还冷！要知道，阿勒泰可是跟漠河差不多的纬度，在中国最北端，冬天最冷的时候气温零下四十多摄氏度。可是，只要回到室内，就是温暖如春。而在上海可没有这么暖和的室内环境。

在上海，我也有很多哈萨克的朋友。

哈萨克人是唯一没有方言的民族，从哈萨克斯坦到蒙古，再到新疆北部伊犁哈萨克自治州的各个地区，只要有哈萨克人的地方，我们的语言都畅通无阻。这一切都是因为我们特别团结，特别珍惜同胞情谊，哪怕远隔千山万水，也要想方设法地保持联系和交流。

于是，我刚进大学，就有在上海的哈萨克同胞主动联系我，我加入了在上海哈萨克人的大家庭，里面有在上海工作多年的前辈，也有很多我们大学生，大家常常亲密地讨论着在外生活的方方面面，每个月都聚会。每年，我们哈萨克大学生还会组织两三次大型的聚会活动，前辈们都会慷慨解囊给我们资助活动经费。

哈萨克人虽然是游牧民族，其实也跟农耕民族汉族一样，特别安土重迁，我们最渴望的就是稳定平静的生活。在上海待了四年，对我来说，上海就像第二故乡一样，用宽容开阔的胸襟包容我这个来自遥远边疆的哈萨克人。虽然大学期间我也抽空去了东部沿海的好几个城市，但是对比之后还是感到，上海最亲切，让我最有归属感。

我有不少表兄弟已经留在内地工作，爸爸也跟我说，在内地好好发展吧。

在上海定居的哈萨克人家庭不多，大约也就四五十户。哈萨克人有游牧民族的勤苦耐劳和高度的荣誉感，对我们来说，如果在外面不能闯出名堂，只是做着小商贩的事情，还不如回去放羊。

从小到大，爸爸也用他勤劳奋斗的经历给我和哥哥以身作则。作为普通牧民的后代，他凭一己之力走出原野，在城市定居，还在工作中取得了令大家认可的成绩，他是远近闻名的哈萨克人成功人士，也是我们大家庭的骄傲。

哈萨克传统民歌《哈拉赉里》里唱道："亲朋欢聚在席间，幸福不就在眼前？"对哈萨克人来说，没有什么比家更重要。虽然各自定居在城市里，每个月，我们五十多人的父系大家庭老老少少们都要聚在一起，喝奶茶、谈天说地。这不是一种道德或者规矩的约束，而是发自内心的感情。

所以，我们不仅共享着家族每个成员的荣辱悲欢，也从心底把为家人、为家族姓氏争光作为人生的一大追求。在我心里，成为爸爸那样事业成功、家庭美满的男人，就是我的人生理想。

接下来，我会继续在上海读法学研究生，希望毕业后能找到公职，解决上海户口，在上海定居下来。我会承担起作为一个哈萨克男人、作为父母的儿子的责任，全力以赴在上海奋斗出自己的事业。

但是，到老了，我还是要回到阿勒泰，那里是我、一个哈萨克人永远的故乡。

我站在，原野之上，思绪万千
冬不拉，紧握手中，轻声弹
哈萨克的神圣原野
你永远与我同在
眼眸般珍贵，我的故乡啊
群星闪耀的夜空
充满希望的时光
多少欢乐多少愁
人生唯有你见证

我的原野啊

多么美，神秘动人，我的原野
唯有你，值得托付，我的命运
慈母般的美丽原野
你永远与我同在

——《哈萨克的原野上》

她走遍 5 大洲 40 国，旅行是切换生活的方式

—

采访时间：2018 年 9 月 26 日
姓名：鱼丸
性别：女
年龄：27 岁

—

旅游达人。本科财务管理，后留学英国、任职于国内互联网旅行行业。走遍 5 大洲 40 多个国家，目前和友人一起经营旅行类公众号。

鱼丸，一点也不符合我对一个网上有过万关注量的旅游达人的想象。她言语不多、冷静自持，在采访过程中还争分夺秒地为公众号工作忙碌，俨然一个紧张拼搏的职场女强人。

但说起曾经进入过的那些五彩斑斓世界，她的眼睛又充满了迷人的光彩。她告诉我，自己还是个业余尤克里里弹手，和几个朋友组了个乐队，之前很多年一直在各地演出，通过音乐结交了很多朋友，也收获了很多精彩故事。

她骄傲地说着这些，脸上洋溢着说不出的快乐。不得不承认，我被她言语间弥漫着的那股青春气息深深震撼了。

我心里暗暗想：去旅行，或是去做喜欢的事，原来这么具有魔力！而生命需要的大概就是这股滚烫的热情吧。

我从中国最没有存在感的省份之一跑到了英国

网上曾流行一个投票：中国最没有存在感的省是哪个？我的家乡在投票结果中名列前茅。

不得不说，从小到大，家乡给我的感觉确实是一个偏居一隅、自得其乐、没有存在感的小城。包括我在内的同龄人很少有外地亲戚，大人们也很少谈及省外的情况。

生长于这个宁静小世界里的我，由于父母工作忙碌，无暇顾及，我的整个童年都在爷爷奶奶家度过。

有爷爷奶奶的照顾、堂哥堂姐的陪伴，虽然天性安静，我却一点儿也不觉得孤独。小城的生活简单、快乐，让我从小对家乡以外的地方完全没有概念。

直到 8 岁那年，园博会在昆明举行，我跟着妈妈和她的同事一起报了旅行团，从来没出过远门的我，第一次坐上了飞机。

我跟着大人们游览了大理、丽江、香格里拉。在20世纪90年代末，那片神秘的边陲像不谙世事的少女，让游人们看到她几乎不事雕琢、原始又纯净的美。

这更让没见过世面的我大开了眼界，第一次感受到未知世界的魅惑与神奇。

后来，父母又陆续带我去了渤海湾、海南、川渝和三峡。我的世界终于逐渐被打开，慢慢往北方、南方、西部拓展。

高中，我读的是省里较好的外国语中学，同学中已有一些人谈及出国念大学的事情。高一时，我参加了学校组织的短期游学，到新加坡一周，住在当地居民家里。

那是我首次独自一人真正到国外城市生活。

一天晚饭后，女主人去邻居家串门，也带上了我。主妇碰面，孩子教育问题是永不过时的话题，她们一直在讨论要送孩子去美国或澳大利亚留学的事情。

作为旁观者，我的心里突然被另一种生活方式充盈了：原来在大城市里，人们对生活的计划这么宏大，出国对他们来说就像串门一样，是这么自然的事情。

在学校氛围的影响下，我父母也开始提出要让我出国念大学，可当时的我特别讨厌学英语，对于留学也没有强烈的动力。

于是，我读了省内的一所普通大学，专业是财务管理。我的少年时代就在这样懵懵懂懂的状态下平缓结束了。

真正的自我觉醒发生在大二那年。在学校社团里，我认识了一位学长，在那所很多人都浑浑噩噩混日子的普通大学里，他却意志坚定地努力着，最后考上了理想的研究生学校。

他告诉我，人一定要有自己的目标，不能随波逐流，让时间虚度。我深受触动，开始思考，自己的目标是什么呢？

离开家上大学让我习惯了没有父母在身边的自由日子，再加上那时因为沟通问题一直在与他们争吵，我更迫切需要距离感。

于是，对当下生活的不满促使我做了决定：就把出国当作我的目标吧！

从大二暑假开始，我着手准备申请学校需要的材料。对我来说，最难的是英语。美国学校要求考 GRE 和托福，英联邦学校只要求考雅思，我只能放弃前者。可雅思考试对我来说也是个大难题。

从大二暑假到大四，我先后考了三次雅思，都没有达到目标学校要求的 6.5 分，内心十分焦灼。

在准备出国申请的这段时间，我过得异常艰难。整个学校里准备出国留学的人屈指可数，而我是整个学院里唯一一个决定继续读研的人，没人理解，也没人陪伴。

申请了二十多所学校之后，我终于收到了四五个offer。我选择了其中位于伦敦郊区的某大学，继续读财务专业。学校的offer是附带了条件的——雅思成绩必须6.5分。

已备考了一年多的我，像个即将被压死的骆驼，哪怕再来一点点压力，就会倒地不起。

正好，多年好友塌塌给了我一个解压出口——去泰国旅游。我不顾父母反对，收拾包袱就跟他一起出发了。

那是我成年后第一次自己出国旅游。塌塌很会做攻略，在他带领下，我痛痛快快从泰国、柬埔寨、马来西亚一直玩到新加坡，直到半个多月后才回国。

对我来说，这次旅行特别轻松自在，还感受到了完全不同于国内的东南亚风情，之前的疲惫一扫而光。

回来后，我兴奋地写了特别详尽的游记，连那些后来看起来很流水账的细节，也都记录了下来。从这次开始，旅行成为我疗愈自己的方式。

3月，我第四次雅思成绩终于达到了6.5分，可以去英国了！

这给了我前所未有的成就感，导致当时的我有一点骄傲，觉得自己不管定任何目标，都可以通过努力实现它！我不知道，后来的某天，生活会让我改变这个想法。

争分夺秒撒野
世界原来可以这么大

2012 年 9 月，我到达伦敦时，英国刚好宣布了取消 PSW 政策，也就是不再给予在英国就读的外国应届毕业生一年的临时工作签证，除非该生在毕业前已经找到工作单位为其提供担保。

而这种例外条件显然是很难做到的。所以，踏上英国国土的第一天，我就明白，在这片土地上停留的时间已经开始倒计时了。

于是我决定，要争分夺秒过好这珍贵的一年。抱着这种朝夕必争的心态，我开始了人生中最狂放的一个阶段，完全抛开了以往安静独处的性格，走向平行世界的另一个自己。

研究生上学期开学时，学校要求外国学生先上 6 周的语言班，大部分中国学生都报了商科语言班，我偏偏去报非商科，于是认识了非商科班里一群不同肤色的外国友人，经常跟他们相约四处游玩。

下学期时，我还做起了校外机构的义工，在一个画廊和演艺中心做接待。

仅仅在伦敦玩，自然不能满足我。从开学起，我就利用复活节、圣诞节、暑假等各种假期四处旅游。

一年时间里，除了上课，我出门六七趟，跑了荷兰、奥地利、希腊、丹麦、德国、法国、拉脱维亚、立陶宛等十几个国家。为了行程自由，我基本上都是一个人说走就走。

前两次旅途，因为没有经验，我弄错了路线，不得不饿着肚子绕路，会感到自己有点惨兮兮的。

2013年3月在丹麦旅行时，突遇大雪，迷路的我穿着单鞋蹚着雪水走了一个小时路，又冷又饿又疲惫，结果竟然回到了原地，那股崩溃劲无以言表。

除了各种“意外”，旅行也让我的世界变成了彩色。出去的次数越多，人也变得越来越大胆、老练。欧洲的廉价航空很多，铁路网也很发达，想出去看看，随时都能出发。

从那时起，我觉得旅行不再是一件很有仪式感的事情，旅行就是生活中很自然的一部分。

可惜，一年的时光转瞬即逝。毕业后，我回到了家乡。一边到大城市找工作机会，一边习惯性浏览旅行方面的信息。

还没等找到工作，我就在网上发现了一个打工换宿的项目，可以选择好几个旅游景点的青旅去打工，换取住宿和在当地停留。我从几个景点里选了阳朔。

从 11 月开始，我在阳朔的青旅待了一整个月，干活之余，我跟来来去去的旅人们谈天说地。

不得不说，长时间待在一个地方的感觉，跟一直在路上旅行的感觉很不相同，我可以更细微地感受到生活的宁静和因不同文化渗进生命而成长的喜悦。

2014 年 2 月，我到了上海一家互联网旅游公司做运营工作，需要把很多用户发布的游记转换成旅行攻略。

这个过程中，我又从别人的游记中了解了很多我还未去过的地方，在心里种下了一大片旅行目标。

但职场的生活毕竟不能和学生时代自由自在的日子相比，在这家公司的一年多时间里，我只安排了三次旅行。一次去了美国西部，一次去了西班牙，还有一次是春节带父母去了新西兰。

有了两年多的旅行经验，我开始在知乎、微博上发布游记，有意识地经营自己的个人主页。那时候，我只是把旅行当作业余爱好，还没有考虑过一定要从事这个行业。

2016年5月，我跳槽到一家大型互联网公司做社区运营。本职工作变了，但在工作之外，业余爱好——旅行还在继续。

从南半球的非洲飞到北半球的日本，再穿越赤道上的印尼，护照上的空白页逐渐被斑斓的各国签证填满。

成为旅游达人
体验新事物是使生命更新的方式

印度、日本、迪拜……只有在路上我才能真正找到自己。

后来，我从公司离职，全职建设与网友大壮一起创建的旅行公众号，然后又马不停蹄地踏上了旅途。

这次，我去了日本长野，那里有一个打工换宿项目——我怀念几年前在阳朔打工换宿时那样既新奇又平静的生活。

我住在长野滑雪场旁边的民宿里，雪原皑皑，民风淳朴，一天只用做四件事——吃饭、睡觉、干活、滑雪。

每天在民宿帮工三四个小时，包一日三餐，住在闲置的宿舍，用民宿老板的缆车季卡滑雪，浴池是引的温泉水，干活之余，还可以免费泡镇上的温泉。

11 月底定下计划时，我连滑雪场都还没去过。没想到短短一个月，我就从绿道滑到红道，再到黑道和道外野雪，从摔得七荤八素到征服整座大山。

摔倒后站起来，再摔倒后再站起来，这种不断挑战困难不断克服困难从而获得成功的感觉让我感受到生命的坚韧与无限可能。

四下无人摔在雪里，连风声都停止时，好像世界只剩下自己，其他一切都不再重要了。

这里像童话中的小镇，宁谧、安详，没有物欲、烦恼、喧嚣和浮躁，特别简单、纯粹，也就是在这里，我又一次刷新了自己的生命，我对一切充满感恩。

走过那么多地方后，我越来越追求更小众且具有极致体验的旅行。比如，去少有人去的国家、去不为人知的地区。

2018 年 6 月，我去了巴西。一年多以前，一位常驻巴西的旅友给我分享了一张美到极致的照片——一片布满湖泊的白色沙漠。

这片沙漠一年里的其他月份并没有什么特别之处，但在每年的6—7月，白沙漠会因降雨积水而在沙漠中心形成湖泊，大大小小有几千个之多。湖又随暴晒而不断缩小，逐渐消失。

因此，观看这个千湖沙漠的时机，一年内只有短短十几天。我等了一年，飞行30个小时，跨越了大半个地球，终于亲眼见到了那片美景。

在沙漠中，我徒步四天，没有网络，没有规律的三餐，没有舒适的床褥，每天和自己做伴的只有低头的喘息。

但每翻过一片山丘，看到那些仿佛只有神话故事里才会有的奇幻湖泊出现在眼前，各种形状，蓝色的、绿色的、红褐色的……仿佛是上帝的调色盘，就觉得经历的这一切都值了。

到了傍晚，就选一个最喜欢的湖边扎营，看夕阳把天空烘成粉红色，美不胜收。

除了暴晒、与突袭的大雨做斗争、忍受单调无味的食物，我还挂彩了。在徒步时，水底树枝向裸露的脚背狠狠扎来。

上了岸才发现被削掉一小块肉，血和海水搅在一起糊满了脚面，至今仍然留有明显的疤痕。

可我得到了白沙、蓝湖、彩虹、日落与星空，以及一些提起来眼睛都会发亮的故事。

从巴西回国后，看到廉价机票的信息，按捺不住激动，我又紧接着跑到了格鲁吉亚、阿塞拜疆、亚美尼亚。

我在高加索山脉的冰川上徒步，在雪山下的教堂学着当地人点一支蜡烛，在胸口画十字祈祷，跪下亲吻基督画像的一角。

对我来说，旅行就是让生活更新的一种方式。人生要不断尝试新事物，才能保持生命力。

虽然已经去过四十多个国家，我仍然向往远方的风景，仍然渴望体验另一种生活。

人逃不过一生平庸，但走过的路、看过的景、遇到的人都好好地收藏在心里，给回忆带来色彩，让过去的时光不至于虚度，也激励余下的人生。

一路走来，我越来越清晰地体会到，人生并没有那么明确的目标，比目标更重要的是：生命的河流流淌过哪里、体验过什么。

只要体验过、开心过，就够了。

王××的漫画王国：我用海豹传递被看见的爱

—

采访时间：2018年8月25日

姓名：王××

性别：女

年龄：29岁

—

南京人。自由插画师，喜欢画海豹，已出版海豹故事《喜欢我也没关系》《总觉得有哪里不错》。2012～2014年，在意大利*COLORS*杂志做全职插画师。作品曾在巴黎蓬皮杜艺术中心展出。

王××在我面前坐下那一刻，平静中透露出的羞涩，很容易被初见的人误解为冷淡。

实际上，我短短几句开场白之后，她很快就放松下来，知无不言，言语中还时常绽出活泼和雀跃。

我想，这位头戴海豹图案渔夫帽，穿着海豹图案T恤的漫画家，真的跟她在自己的漫画书《总觉得有哪里不错》序言里写的海豹一样呢：

海豹对于对方的情绪，徘徊在感知和觉察之间，这种慢掉的半拍，是人类的一种永恒的遗憾，也是人类之间不断流淌的爱和美，最初诞生的地方。

我们都在用力去看懂这个世界，看见自己。

从动作不协调“患者”到我要做尾田荣一郎那样的漫画家

跟大多数孩子一样，我小时候也爱涂涂画画。不过，3 岁的我在幼儿园第一次拿起蜡笔涂鸦时，可一点也没流露出任何绘画才华。

班里同学都比我大，拿着画笔涂鸦已经有模有样。

所以，当老师看着握笔都还费力的我，胡乱在纸上摩擦出不知所云的线条，有些担忧地跟我爸妈说：“这孩子恐怕有点……动作不协调。”

妈妈听了，不急不恼，悄悄给我买了一本儿童描红画本。于是，我的画画之路就从四岁那年开始了。

描红本画完了，妈妈又从单位带了废纸给我做画本，厚厚的一沓纸也被我光速画完。

我最喜欢描各种小动物，一个大圆圈加小圆圈，就是除了我谁也看不出来的蜗牛。还有女孩最爱的小白兔，我为它们画了无数个“兔之家”。

从记事起，我对“你长大了想做什么呀?”这个问题的回答从来都是坚定的三个字——“做画家!”

那时，我小小的脑袋已经开始天马行空地创造着臆想中的世界。

我喜欢迪士尼绘本里唐老鸭兄弟单纯美好的生活；喜欢照着自己买的《动画技法大全》上临摹各种人物，给他们创造形形色色的奇妙世界。

爸妈很支持我的爱好，给我报了一个周末绘画班，那是我儿时第一次“科班”的绘画训练。

教绘画的老师对孩子们没有任何学习上的要求：“最重要的是画得开心!”画画给我带来了满满的快乐和小小成就感。

二年级时，我拿到了人生第一个绘画奖——创作画《热闹的集市》获得市级写生比赛奖项，还跟着其他获奖作品一起被送到日本名古屋市展出。

但直到上初中，我也并不觉得自己在绘画上很出色。

虽然老师也常常叫我帮忙画黑板报，可每个班上都有一两个画画迷啊，其中有些人还能把动画人物画得惟妙惟肖。

跟他们比起来，我感觉自己那点业余水平实在是相形见绌，心里也还没对画画这件事产生比爱好更高的期待。

所以，我波澜不惊地上了市普通高中。高中三年，我的人生道路遇到了三个重要转折点。

高一时，我认识的新朋友，一个狂热爱好青春爱情小说的女孩，带我去了学校附近的租书屋。

在那间昏暗逼仄的小屋子里，我第一次看到了日本漫画。翻开《海贼王》的那一刻，我感觉打开了新世界的大门。

那是一个多么丰富、庞大、新鲜刺激的世界！我深深为《海贼王》里正直、单纯、勇敢的路飞和他的伙伴们着迷。

到了高二，家里有了电脑，无远弗届的互联网让我接触到了更广阔的天地。

我找到了涂鸦论坛273c，那里聚集着包括央美在读生、动画师在内的专业画家，当然，也有许多像我这样的普通爱好者。

在论坛里我第一次发现，原来，“做画家”不是一个挂在天空中遥远而灿烂的目标。

原来，画家也有这么多具体的职业类别。他们的工作一点都不像我想象的那么梦幻，可以想画就画，而是常常得画自己并不喜欢的东西。

我开始思索，如果我要做一个画家，应该做什么具体职业？动画师？不行，工作量太大、太烦琐！原画师？也不行，我不喜欢太复杂太写实的风格！

在我既迷茫又发愁时，我看到论坛上一个《海贼王》的同人漫画，一番交流之下，对方告诉我，《海贼王》动画比漫画更好看。

于是，我赶紧去下载了动画。灵巧跃动的画面带给我的震撼，更胜于当初第一次看到纸质漫画书。偶然，我在网上看到了《海贼王》作者尾田荣一郎的一段采访。

他在接受采访时说："虽然一直坚持更新章节很辛苦，但是当我工作完去外面吃碗面的时候，看到电视里在播我的漫画，就感觉很满足了！"

听到他这段话的时候，我愣住了，感到心底突然有了一个很坚定的声音：我也想做像他那样低调坚持的漫画家！

像他一样，不论辛苦与否，只要我的作品能给别人带来价值，就好！

那一刻，我终于找到了实现儿时理想的确切方式——做一个漫画家。

追寻问题的答案
——我该画什么？我的类型在哪里？

虽然为自己确定了一生的理想职业，可除此之外，我对怎么成为一个漫画家还是一头雾水。

当时，国内漫画业远不如日本成熟，市面上基本只有少女漫画和低幼漫画两种门类。不想画这两类的画家，只好默默耕耘在不为大众所知的角落。

我只知道，我不想画这两种漫画，可是，我能画什么？想画什么？答案还在一团迷雾之中。

但是，不管怎么说，先考上美术类院校肯定是第一步！

由于我当时的学习成绩排名中上，不出意外只能考二本院校，但满足一个重点艺术院校的分数线还是绰绰有余的。所以，爸妈也很支持我的决定。

高三的寒假，我上了10天艺考培训班。下学期开始，又花了两个月的时间跟着学校的美术老师补习，这就是我全部的“科班”训练了。

艺考的素描、色彩两门考试考核的技法，几乎全靠我多年来的自学。

成绩出来后，虽然素描分数不佳，让我难过了好一阵，还好，色彩考试高分通过，让我顺利地超过了省艺考分数线。

8 月，我收到了南京艺术学院的录取通知书，并且是我自己所选的平面设计专业。

我想，平面设计一方面会涉及漫画的内容，另一方面，这个专业跟纯艺术专业比起来，相对商业化，职业应用场景多一些。毕竟，我得养活自己啊。

南艺的四年，我一步步地向当初那个疑问的答案走得更近。

大一时，因为无意中在学校看到了动画放映会的海报，我认识了由南艺的张老师、插画师 S 老师还有另一位南艺研究生学长组织的“特别漫画”社。

当时，他们已经发行了两期专门刊登独立漫画的杂志 *special comics*，正在为第三期杂志征稿。

我兴冲冲地投递了一幅作品《梦的解析》，现在回想起来幼稚得不忍直视。但 S 老师却说看到了我的潜力，于是，我有了自己真正发表过的漫画作品。

课余时间，我还为张老师做漫画定格动画助手。跟这些已进行实际工作的专业前辈在一起，我终于开始涉足漫画职业了。

这期间，我还接触了给我很大启发的一部漫画作品——《我在伊朗长大》。

这是伊朗漫画家 Marjane Satrapi 的半自传性质的漫画小说。

她用简洁洗练的画风讲述了一个很复杂、很具有现实意义的故事——一个伊朗小女孩在伊斯兰革命时期的成长经历。

这部漫画甫一问世，就获得了多项世界级漫画大奖。

看完这部漫画，我意识到，原来漫画不仅是一种精神娱乐品，它更是一种语言。

作为语言，漫画可以表达更广大的主题，而不是仅仅局限于浅显的画面。

我感觉自己离问题的答案更近了，我知道该去哪里寻找我想画、能画的东西了——从现实生活中。

尤其是，从大家不愿意触及的事物中，表达真实的自我，描绘出生活本来的样子。

大三时，经老师的介绍，我开始做兼职插画师，给一些杂志社画插画。这种半职业状态给我带来了很多迷茫。

跟甲方沟通时，我经常感到自己很被动，想法不能得到认可。当然，我当时很多想法的确是不成熟的，还不具备能令人服膺的能力和水平。

但是，碰壁多了，憋屈和难熬就成了常态。我开始怀疑，这样的状态如果持续下去，会不会耗尽自己对画画的热情？画画可是我从小到大最喜欢的事啊。

为了避免让这种情况成为以后生活的常态，我想一定得提高自己的专业水平，才能有更多话语权！

毕业在即，我能想到的提高方式就是考研。可是，国内几所顶尖美术学院都在北京，我得异地进行考研准备，且研究生学费不菲……

在我纠结时，张老师推荐我参加台湾信谊出版社举办的绘本比赛。

我打开画板，开始回想起自己的童年趣事。很快，一本十几页的绘本故事《小白别难过》就在六月的一个下午一气呵成了。

小白是我小时候最喜欢的雨靴，恨不得每天都穿上它。可妈妈总说，下雨天才穿雨靴，不下雨不要穿。小小的我很难过，喜欢的鞋子就是要穿的嘛，为什么一定得有用呢？

于是，我用小白的口吻，画出了我的难过——小主人，你为什么不穿我呢？这本绘本拿到了信谊出版社绘本比赛的入围奖。

不过那时候，我没有把精力放在画绘本上，因为我烦扰着到底要不要不计代价地考研。

这期间，又有人推了我一把。一家用人单位看到我的毕业设计之后，主动联系我，招聘我做书籍装帧的设计师助理。

面试的时候，HR 照例把这个工作岗位夸了一番："在我们这里工作很稳定的，压力不大，很适合女孩子。"

她不知道，当时的我，最不想要的就是稳定，我要提高自己的专业水平，要画出伟大的漫画，怎么可以一直稳定呢？稳定跟这个目标根本不在同一个星球！

她肯定也没想到，就这句话，让我下定了决心：不管考不考研，反正我不要中规中矩、朝九晚五的工作，就做个自由的插画师也行。

生活很快就超出了我的意料。

9 月初的某天，我在微博上闲逛时看到了 *COLORS* 杂志将要举办一场名为"未来的流动性"的展览。

更吸引我的是，在展览现场，*COLORS* 杂志还会顺便招聘摄影师、插画师。

被录用的人将以进修的方式，到杂志总部意大利 Treviso 镇工作，而且，杂志社还提供一年的奖学金、包住宿和午饭！

我毫不犹豫地投递了简历，当天下午就被通知去上海参加面试。于是，带着画本、毕业设计作品书 *Sick Dreams*，我赶到了上海。

“你有什么梦想？”面试官 Patrick 问我。

“我想做一个漫画家。”

“那可是很难的哦。”他严肃地点点头，又补充了一句，“如果你非常努力，也许会看到一点点轻微的曙光。”

他还告诉我，他们主要招聘摄影师和平面设计师，恐怕跟我想画漫画的意愿不太一致。我心知希望不大。不过，临别时，我还是把毕业设计作品赠送给他。

几天后，我收到了面试结果通知，没有任何奇迹发生——我没有通过面试。

就在我无从选择的这个岔口，当年中国美院研究生考试报名截止日期也很快到了。我抱着孤注一掷的心情打开电脑，登录了报名页面。

没想到，屏幕右下角跳出来新邮件通知，我打开一看，不由得尖叫起来——*COLORS* 杂志竟然再次通知我被录用了！

爸妈得知这个好消息，也高兴得从床上跳起来。那真是一个激动难忘的夜晚。

10月，我收到了聘用合同，杂志社要我自行安排到意大利的时间。于是，我一边办签证，一边美美地在家休息了几个月。

那段时光特别美好：我一下子有了期望中的工作，没有经济负担，还能去意大利边工作边提高专业技巧。

意大利三年
我终于找到了自己

2月中旬，我走进了杂志社的办公楼，那里，用"我梦寐以求的环境"来形容毫不为过。

同事们都是才华横溢的艺术工作者，氛围轻松愉快，工作节奏自由，有大量的时间供我思考和学习。

老板 Patrick 特别擅长挑战我的极限，他总是安排让我觉得根本无法完成的任务。比如让不喜欢写实风格的我画一幅写实的水彩画。

还有一次，他让我为当期的杂志主题画一张关于世界移民趋势的地图，其中要包含大量数据信息，同时还要兼顾叙事性和美感。

为了这张地图，我绞尽脑汁，断断续续画了好几个月。Patrick 每次看到我的画稿，只会告诉我他期望的效果，不会给我具体的指导。

我就自己探索着，竭力发掘实现理想效果的方式。最后的定稿，他很满意，选作当期杂志封面。

在 *COLORS* 的三年，在无数次完成“不可能”的任务过程中，我得到了严格的专业插画训练。

杂志天马行空的风格，充分打开了我对世界的艺术化想象。我实现了毕业时的短期目标——提高自己的专业技能。

可惜，美好的日子总有落幕的时候。2014 年 6 月，在杂志待到第三年时，公司突然决定暂停 *COLORS* 的出版。我可以选择去别的部门，或者在当地另找工作。

我有点迷茫了。意大利小镇的生活，安逸、闲适、纯粹，让我看到了生活可以美好到如此地步。可我很久没画叙事漫画了，想做漫画家的理想，要就此打住吗？

那时候，我已经搬出了杂志社第一年提供的宿舍，独居在一间安静的小屋子里。大量的独处时间，也让我陷入了对人生意义的思索。

在意大利的三年，是我人生中一段最重要的经历。我从不同的视角，看到了更大的世界，让我对生活有了更多敬畏和谦卑，我对这座小镇深怀感激。

这三年里，虽然也得到了同事和公司的照顾，但作为一个异乡人语言不通，做很多事情都得办证。

其实，我没有产生可以脱离当下环境而独立生活的能力。对我而言，这里的生活是超出控制的。

同时，优异的同事们也让我充满了自我怀疑：跟优秀的他们相比，我是谁呢？我有什么不可或缺的吗？我到底想做什么？能做什么？高二那年的疑问，我还是没有找到最终答案。

后来回想过往，我才知道，答案原来就在不远的前方等候。

2014 年 9 月，我和四位同事一起去了克罗地亚旅行。四天的假期里，初秋的风景和舒缓的生活节奏，带给我简单纯粹的快乐。

旅途中，我看到那些最普通的村民，脸上都带着平和满足的光彩，自己的心也不由得变得很柔软：不需要很优秀，也可以享受生活啊。

旅行回来，我洗完澡，舒服地靠在沙发上，就在那样异常放松的状态下，我画了三只海豹。

海豹是我从小最喜欢的抱枕形象，到现在，我还保留着小时候抱着睡觉的那只海豹玩偶。

在某次工作的悠闲时刻里，我就画过一次海豹，表达了一种闲适的心情。我当时还把小海豹们的图案上传到网络上，收获了两千多个赞。

这一次，是我第二次画海豹。我突然领悟到，原来在最放松、最本我的时刻，海豹就会自动浮现在脑海，从我的画笔中跑出来。

我用的是很简单的线条和色块，看起来一点也不高深。可我很确信这就是自己想表达的感受。我喜欢这种纯粹的快乐，不论别人喜不喜欢，我都要画下去。

就这样，我意外找到了问题的答案——我要用简约的画风，画出真实的自我，哪怕笔触稚拙，只要其中有体现真实生活，那就是有光芒的。

而海豹，就是我的漫画中真实生活的讲述者。

用海豹传递爱
做一个放松的人吧

我跟 *COLORS* 杂志的合同到期后，在伦敦旅居了 3 个月便决定回国。回到南京的我应朋友邀请给《艺术界》杂志画插画。

我想一边接画稿需求单，一边摸索自己能有什么新的工作模式。从第二次画海豹起，我就变得一发不可收，每周都要上传几幅新的海豹故事。

回国以后，我还开通了公众号，准备作为海豹漫画发布的主要渠道。公众号第一次发布的海豹故事漫画《等你》就在朋友圈获得了不少好评。

在业内朋友们的传递下，有了三百左右的阅读量。我坚持每周更新，阅读量和关注人数逐步上升。

8 月时，我接了几个品牌 logo 设计的工作，跟甲方磨合得很艰辛，稿子一改再改，情绪处于崩溃的边缘。

于是，我以当时的心境为原型，接连画了两幅故事漫画——《艰难的决定》《低潮期》。

也许是漫画里坚持理想却被现实虐得体无完肤的海豹，引起了很多读者的共鸣，两幅漫画发布之后，我一下子增加了两千多个粉丝。

9 月，开始有出版社主动联系，想要出版我的海豹漫画。可我感觉时机还不成熟。

当时的我，还处于等灵感来的阶段，还没有具备对创作的主控力，没有形成稳定的表达技法。

因此，我一边继续每周的独立创作，积累更多原创作品，一边通过接一些品牌植入广告维持生计。

第一个找公众号打广告的品牌，是美国国家旅游局旗下的 GOUSA 项目，项目传播负责人自己就很喜欢海豹。我很高兴，通过海豹漫画，发现了越来越多的同好。

到了 2016 年 6 月，我的人生迎来了一个重要的里程碑，与出版社签订了我第一本漫画作品的出版合同。

这本《喜欢我也没关系》讲述海豹和朋友们平静生活中的喜悦忧愁，在 2017 年正式与读者们见面了。

很多读者都说，呆萌的海豹让他们感到特别放松、治愈。其中一位读者的评论，让我一直铭记于心。

她写道："看海豹的时候，是我最开心的时候。"写下这句话的时候，她正因抑郁症，在南京一个脑科医院住院。

初印一万五千册之后，《喜欢我也没关系》很快又加印到了四万五千册。原本只是因为我自己喜欢而画的海豹，竟然得到那么多人的喜欢，我感到特别满足。

我终于有了自己的原创漫画作品，从今以后，我终于可以介绍自己是一个漫画家了！

人生理想实现之后，我感觉前所未有的放松，好像对人生已经别无所求了，过了好几个月施施然享受生活的日子。

这段日子，虽然还在断断续续地画海豹，但在幸福美满的状态中，反而很少有能打动我的深刻体验，让我觉得值得下笔。也许，痛苦的确是艺术创作的源泉。

经过了这段瓶颈期，到2017年下半年，我的创作冲动又回来了。

在克罗地亚旅行画下三只海豹之前，我曾那么焦虑，充满了自疑和自大的矛盾，理想悬在半空中，可我不知如何去实现，不知自己有没有能力实现。

是画下那三只海豹这件事，让我终于看到了真实的自己。

纸上的海豹，就是我的灵魂，在画下它们那一刻，我感到了自我告解和全然的接纳。不再怀疑，不再害怕，也就是被爱。

只要生活还在继续，我想，我就应该把这份爱传递下去。这是我人生最大的动力。

于是，我接着画了《怀疑》，开解跟我一样曾经自我质疑的人，我的第二本海豹漫画作品《总觉得有哪里不错》也在筹备出版。

工作的动力源源不断涌现，在读者和朋友的建议下，我跟合伙人做出了第一款海豹漫画周边产品——一件有海豹形象的T恤。

我们还接着做了十几款衣服，得到海豹爱好者们的喜爱。今年，我还办了第二本书的签售会。

接下来，我希望一直能保持海豹漫画的创作，像我的偶像尾田荣一郎一样，一直更新海豹漫画书。我还想画海豹和它的更多朋友们，创造一个海豹的世界。

十年前，处在迷茫和自疑中的我，以为自己将会是一个普通的宅女，怀着做漫画家的梦，做一份普通工作。

我不敢想自己能出国，能在一个荟萃专业艺术工作者的地方，看到更大的世界。

在慢慢摸索的路上，我才意识到，原来，自我是不断变化、发展的。

不需要焦虑当下的自己是否是理想中的自己，只要朝着理想的方向，让灵魂自由流淌，总有那么一刻，真实的、纯粹的自我会显露在眼前。

如今，我很确信，海豹就是我，不画海豹就会孤单，所以，我必须画海豹！

当你明白，海豹，包括其他人，也都在为这样简单的小事，而悲伤，而努力的时候，愿你体会到一种深刻的安全感和去爱的动力。一起做一个放松的人吧！

山里娃独闯上海滩：我希望精彩地活一百年

—

采访时间：2018 年 7 月 26 日

姓名：八条（化名）

性别：男

年龄：32 岁

—

安徽安庆人，一名进城务工者。高中毕业后来到上海，做过民工、服务员，摆过地摊，在券商拿过销售冠军，合伙开过公司，接受过第一财经广播 FM97.7 专访。上戏播音专业毕业，后进修复旦公共关系专业。目前主要工作为商业主持、婚礼司仪、相声演员。

八条具有让人如沐春风的能力。初次见面，准备见面小礼物已是少数人的艺术，竟然还细心到亲笔写了卡片，实属罕见。

这不禁令我好奇：这是演艺工作者的专业技巧，还是因他性格中热爱生活的成分使然？

在他看来，人生也许是一场修行，一路遇到的人和事，遇到的挫折和幸运，都是帮助我们修行的蒲团和念珠。

采访中，他提起看经书后产生了不忍之心，点蚊香时，会开窗给蚊子留条逃生之路。我想，这应该就是体验型人格的小小写照吧——无论生死如何，都要温柔地对待生命。

农家子弟的成人以打工开始

我是地道的山里娃，就算在同龄人中，跟我有相似成长环境的可能也不多。有时回想起从山上走到上海的十几年路程，感觉像一场梦。

我的祖辈父辈都是种地农民，因为觉得山上地多，爷爷把家从山脚的村子里搬到了山上。我就在竹林深处的农家里出生了，在山上度过了人生最快乐的十四年时光。

从小，山里地多、树多、鸟多，就是人家少。山居简陋，直到我七岁才通电，父母对我也是放养模式，对天性活泼的儿童来说，找玩伴就成了我最大的心愿。

有时，好不容易在山路上遇到了行人，我就会兴奋得硬要拉对方到家里做客。更多时候，山脚下的小村子成了我最爱的去处。

外公外婆和小姨舅舅们住在那里，跟我离得很近，于是从小嘴甜的我享受了众星捧月的待遇，亲戚们都抢着带我玩。

也许就在那样的生活中，我热烈的表达欲开始萌芽，到后来竟指引我走上了以表达、交流为业的道路。

我在山里小学上到四年级时，父亲就跟着叔叔到上海打工了，留下母亲照顾我和两个弟弟。初二时，家里从山上搬到了山脚下村子里。

因为母亲也要去打工了，她把我们这些半大小子托给山脚离得近的娘家帮忙看护，才较放心地去跟父亲挣钱。

于是，15 岁那年，我们兄弟三个开始了半留守儿童的生活。不过，因为童年一直有母亲陪伴，身边也不缺亲友。我并不觉得留守生活有什么孤单可怜，反而有了更多自主性，可以按自己的想法安排生活。

高一暑假，我第一次从皖南的山下来到上海父母打工的工地上，农工子弟的第一份工作是给工地搬毛竹。

如果那时候你路过普陀区丹巴路正在改造外墙的工地现场，可能会刚好看到一个瘦弱少年一趟一趟地将毛竹搬上搬下。

这份工作从早上 6 点开始，除了中午午休一小时，一直干到天黑为止，有时候我累倒在脚手架上睡着。

干完两个月，我晒得浑身黝黑，但挣到了一千多块工钱，虽然全被妈妈拿走了，但我还是非常有成就感！

那时候整天待在工地上，很少有时间去外面看看，但我还是能从繁忙的车流人流中感受到大上海和家乡完全不同的繁华气息。

我还抽空去了上海的顶尖学府复旦大学，当时，心里隐隐产生了向往：要是有天能到上海滩来生活、打拼一番就好了。

然而，我的学习成绩没那么优秀。高考放榜结果公布，我第一志愿落榜了。按政策，第二批次可以报考三本大学，但学费比较贵。

我不想增加家里负担，怀着纠结的心情又去了上海，一边散心，一边找暑期工。当时的我不想再重复工地工作，而希望能尝试一份跟人打交道的工作。

我人生第二份暑期工，是浴场服务员。浴场的工作内容没什么特别值得提起的，不过，在这份工作中，我遇到了一个同事，大专毕业，跟我一样做服务员。

遇到他，让我开始琢磨：他读完大学也来做服务员，跟我一个高中毕业生没什么区别嘛，那值不值得再花四年时间去读大学呢？如果，复读一年，再次没考好，就一下子耽误五年，怎么办？

开学的时间转眼到了，最后，我选择了继续在浴场工作。心里想着早点挣钱更好，读书的事情就此告别吧。18 岁，我的打工生涯就这样正式开始了。

一开始工作，主要的动力就是挣钱，我一直没有停下看招聘信息，只要有对学历要求不高、不是工厂工地的岗位，我都愿意干。

几个月后，我跳槽到 KTV 做服务员。待了一年后，我看到一个股票咨询公司招电话销售员，感觉这个工作比起服务员，跟人交流可以更主动。于是在这个公司，我又干了半年。

直到 2007 年，因为有了金融行业相关经验及证书，我成为证券公司的客户经理，开始了到目前为止持续最久的一份工作经历。

在证券公司做客户经理，主要内容是邀请客户开股票账户，有时还要售卖公司代销的理财产品。所以，天天都要跟形形色色的人打交道。

在证券公司四年里，一方面，薪资比从前工作都高，另一方面，职业的社会认可度也更高。

于是，我很有干劲，还曾经拿了公司某个债券产品的销售冠军，第一次享受到职业生涯中的荣誉感和成就感。

这份工作，对我人生的意义不止于此。

我在工作中遇到了生命中的贵人——在演艺圈给知名演员做化妆师的李女士。李女士夫妻觉得我在跟他们的日常工作交流中谈吐比较有条理，表达能力还不错。

在跟我熟悉之后，李女士给我提了个建议："你可以去进修一下表演艺术，尝试走走播音主持方向。"她随口一说，却击中了我长期以来的心事。

重走求学路后
我把兴趣变成了职业

我从小就喜欢跟人聊天，性格比较外向。上初中时，班级里筹备国庆联欢晚会，不知道为什么，同学们投票我做了晚会主持。

我的第一次"舞台"经历还挺顺畅，除了时间节奏没安排好，导致晚会超时太久，班主任不得不叫停外，同学们的反响很不错。

到了高中，我又在班级活动上表演了相声，其实我根本没接触过相声，只是同学们都觉得我是话痨。

公司的演出活动，我也从不掩饰自己的热情。某次年会上，同事们又推荐我演节目，于是我第二次做了相声演员。我对舞台表演，尤其是语言类表演的兴趣慢慢变得浓厚起来。

后来，我在网络上搜索到由相声演员赵松涛创立的，上海第一家在本土做相声演出的团体组织——田耘社。

虽然上海的相声氛围不如北方厚实，但田耘社自成立以来，一直坚持在自己的驻场剧场演出、推广相声文化，还给演员、爱好者提供培训、展示的平台。

我找到田耘社的负责人，开始每周去上培训课。入社半年以后，社里老师就安排我走上了驻场剧场的舞台，和同学一起演了场十多分钟的二人相声。

当时，台下只有几十名观众，都是我不认识的人。表演时，没有了以前在班级演出时众多熟悉面孔的反响，感觉比较生涩。不过，当时的我仅仅把相声作为业余爱好，还没有产生特别大的自我期待。

然而，李女士的一句建议，却无意中拓展了我的眼界。之前的演出中，也有人给我提过意见，让我最好进修一下表演。

工作多年，我想，是不是到了捡起书本、重回课桌的时候了呢？

想干就干。我开始着手准备报考上海戏剧学院的表演专业，当年，配音表演专业与播音主持专业合并，于是我如愿在 2011 年 3 月成为上戏成人教育学院播音主持专业的学生。

上戏的播音主持专业，在全国同类型高校中排名靠前，这里云集了演艺行业的资深人士，同学们大多已经在从事播音主持行业，学习氛围很好。

在上戏学习的三年里，我终于建立了高等教育的学科知识框架，了解了播音主持方面的专业知识。

更重要的是，在这里，我结识了一些专业人士，从他们身上，我看到了专业人士的状态。

教语音基础的老师，曾在课堂上强调：一定要有个人品牌意识的概念。这句话和我的想法不谋而合。

虽然在这之前，我就在田耘社朋友介绍下，从事一些业余演出，但还是不敢从专业演员的角度来定位自己。

因为老师的这句话，我开始琢磨，如果我以专业演员的身份要求自己，打磨技能、逐渐建立个人品牌，是不是也就可以把兴趣爱好变成工作呢？

那时，我已经历过一次不成功的创业，为此休学一年，还耗光了积蓄。后来不得不去了保险公司工作以糊口，为了挣钱而在职场路走了近十年，内心早已疲惫不堪。

而在学校的演艺活动中，我却感受到了前所未有的快乐和充实。我全身心地投入毕业演出活动中，不仅说相声，还做演讲，参加群舞节目。

那样的自由，更是成了我戒不掉的瘾。我暗下决心，毕业后就辞去了保险公司工作。从此，开始以司仪、节目演员为全职工作。

几年下来，我也慢慢积累了自己的工作渠道和人脉，目前每个月的演出场次稳定在 10～20 场，以此为生算是基本没问题了。

2016 年 3 月，怀着高中时代对复旦大学的向往，我又入读了复旦大学成人教育学院公共关系专业的专升本。20 多岁时没做的事，我想现在弥补起来，为时未晚。

不久后，我在新的职业路上得到了第一个荣誉——某司仪比赛的金奖。这让我对自己人生的规划更加清晰。

在工作上，我希望继续一步步踏实走下去，能在五年内，把主持人的工作做得更好。更好的具体表现就是可以登上更大的舞台，参加更有影响力的活动，建立价值更高的个人品牌。

体验型人格的我，希望精彩活到一百岁

在工作之外，我反而没有这么明确要达到的目标。

不知是不是儿童时代生活幸福、无忧无虑，我从小就特别害怕黑暗和死亡。我觉得活着这么好玩，这么多美好的事情，人为什么不能一直活着？为什么不得不死呢？

小时候，让我一个人去黑黑的厨房我都不敢。四岁时，我在跟妈妈从外婆家回山上的山路上，看到路中间石头上蹲着一个黑色人影，又转瞬消失不见，把我吓得丢了魂，后来家人还为我请道士作法驱魔，直到很久才从木讷的状态中慢慢好转。

长大后，我常常看一些社科类的书，也读了很多讲解宗教哲理的经书，慢慢解开了内心的困惑。人其实就是万物生灵中的一种而已，生死存亡本就是自然规律。

既然死亡无可逃避，总归要死，那么，就只剩下一个问

题——活着时该怎么做？我琢磨的答案是，以终为始，每天都尽量活得精彩。

我经常想象，如果死亡猝然来临，我对此时此刻是否满意？如果非要说人生有一个明确目标，那么，体验生命就是我的人生目标。

赚钱固然重要，是生存基础，但在生存之上，人就会自然而然地希求更好的体验。

于是，我在两年前开始写晨间日记，尽量在有空的早上，抽出几分钟时间，梳理自己的情绪和生活，规划怎么过好新的一天。近三年来，我积累了数百篇日记。

回顾过去，我发现，虽然我也常常这山望着那山高，懊恼自己跟同龄人比，还有很多人生大事没有做好。但是，我人生中美好的体验其实也很多。

除了童年时期的快乐、工作上取得的成就感、看北京奥运会的激情澎湃、做世博会志愿者的自豪，还有很多，是在工作中交流和接触的形形色色的人和事带给我的。

第一份暑期工时，从脚手架贴着的居民楼窗内递出的那壶白开水、那盘切好的香瓜和那背后的关怀，让我永生难忘。

有次傍晚时分跑步，从静安寺到顾村公园近 20 公里的路上，骑电瓶车路过的人停下来，那一句“要我载你回去吗？不收钱”至今还温暖着我的心。

在做司仪时，我一次次目睹感人的爱情故事，看见有情人终成眷属：新郎痴情等待留学的新娘归来，后来更是放弃上海的高薪工作去杭州与爱人生活。

当然，做司仪这份控场的工作，也偶尔会碰到“意外”。

比如，乘客与网约车司机闪婚，因为婚礼彩排时新郎不够认真，新娘甩手走人，众人好不容易才劝住；

比如，结婚三年后补办婚礼，双方已经在朝夕相处中磨灭了爱的激情，只剩下彼此的看不顺眼和互相挑剔。

这些，说不上是美好体验，但它们就像我当初创业失败的经历，用四个字来概括，就是——人生无常。在我看来，这些不仅是对我职业能力的不断挑战和提升，如果能从艰难的体验中得到对生命更深刻的感悟，也是一种人生收获。

与此同时，长跑和骑行是我始终在闲暇之余坚持的运动项目。

从上海独自骑行回乡的路上，高强度的锻炼让我更多地来思考今后的人生。这种锻炼而来的毅力和成长赋予我的性情相辅相成，才成就了现在的我。

接下来的日子里，我希望能继续遇到更多有趣的事情，健健康康地走到百岁人生的最后一天。

在生命最后一刻，我能感觉到自己是个有意思的人，就足矣。

我从泳池开始的三种人生

—

采访时间：2018 年 5 月 30 日
姓名：隋菁菁
性别：女
年龄：34 岁

—

上海人。20 年专业游泳运动员，16 岁获得全国游泳比赛冠军。后出国留学，就读于加拿大西蒙菲沙大学，获得传媒、经济双学士学位。同时，她还是该校游泳队成员，多次在全加游泳赛中名列前茅，还曾获得全美大学生联盟游泳比赛 14 项冠军并打破赛会纪录。目前就职于体育职业学院和上海市体育局，任外事工作。

“我最喜欢听的评价是：你跟我想象的不一样。”采访菁菁时，她一边笑着对我说，一边抚了抚卷曲的棕色长发。

其实，这也是采访进行时，我最想对她说的话。我面前的菁菁，的确和我们印象中单调的运动员形象不符。

她身材高挑挺拔，身着碎花连衣裙，耳际垂挂的大吊坠在发间闪烁，褐色的双眸沉静而温柔。

也许，多年的泳池生涯，锻造了她如水一般的刚柔并济。

触壁！触壁！
从光环萦绕到理性退出

我走上专业运动员道路，要感谢上天和父母的安排。

我爸是体育爱好者，妈妈曾是上海工人体育队的篮球运动员，虽然都不是职业运动员，但从两岁多跟爸爸在泳池玩耍时开始，我跟体育就有了冥冥之中的渊源。

5 岁那年，区少体校来我所在的幼儿园挑选运动员苗子，老师看着小胖墩的我，跟爸妈建议可以让我去锻炼锻炼，这正合他们心意。

于是，我开始了每周末去区少体校游泳队的训练。我持续二十多年的泳池生涯，就从 1989 年这个初夏正式开启。

父母赋予的运动基因很快就起了作用。第二年“六一”，只学了自由泳一种泳姿的我，就在上海市娃娃杯游泳比赛上拿到了亚军。

第一个奖杯，对我来说，就是赛后妈妈奖励的一顿肯德基大餐。不过，妈妈却从这个奖杯里看到了我走专业路线的潜力。

小学四年级时，我又拿到了人生第一个冠军奖杯，而且是全国级别的少儿游泳锦标赛。

六年级时，面对来体校挑苗子的上海市游泳队教练，妈妈做出了一个在当年看起来很先锋很大胆的决定：她让我放弃走常规升学道路，而是选择做专业游泳运动员。

当时，我读的复旦中学是上海市重点学校，我的成绩在全校能排前五十名。从老师和普通家长的角度来看，我完全没必要走体艺路线。

可胆识过人的妈妈却觉得，成绩好的人千千万万，成才的也并不多。而我既已表现出游泳方面的天赋和潜力，不如在擅长的领域大胆“赌”一把。

况且，上海游泳队也是全国领先的专业体育队伍，曾经培养过庄泳、乐靖宜、刘子歌等知名全国乃至世界冠军。

1996 年 7 月，12 岁的我正式成为上海市游泳队的新队员，开始了在市体育技术学院的全职训练生活。

专业体育学校的生活和普通学校完全不同，为了训练出高竞技水平，练比学更重要。除了晚上的文化课，我在校的绝大部分时间都在泳池里度过。

比走普通升学路线的同龄人更苦的是，我们的训练全年无休，不分周末、节假日，仅仅除夕、初一、初二三天除外。

训练达到最高强度时，每天上午、下午我必须分别游完 10 公里。一般女生很难完成的引体向上，我必须连续分三组完成一百个。

对豆蔻年华的少女来说，离开父母身边，天天关在体校训练，穿着队服，不能逛街、打扮，简直是煎熬。

为了逃避训练，队员们中间还流传着连嚼三颗大白兔奶糖的办法，把腮帮子嚼得又酸又热，可以让口腔温度短时间内升高，刚刚达到发烧的体温标准，比喝热水更管用。

在体校的日子里，没有了父母贴身鼓励和照顾，训练还那么苦，我哭过很多次。所幸，每次觉得要坚持不下去时，物质激励就成了我的动力。

按当时政策，从进游泳队开始，12 岁的我就算是走上工作岗位了，开始拿工资、算工龄。对我来说，最直观的是，我每月工资高达 3500 元，而当时爸爸的工资才 3300 元。

2000 年，我拿到了全国游泳锦标赛冠军，这是全国最高级别的专业游泳赛事。根据拿奖成绩，那年年底，我的年终奖是 16000 元。

妈妈替我从队里领了一摞现金摆在桌上，百感交集地说："看看，这是你一年汗水的成果哦!"

当时的我很激动，看来没白辛苦训练。而且，比物质奖励更带劲的是：每次在泳池里，触碰到池壁那一刹那，眼角余光里，对手都在我身后；转身抬头，大计时牌上跳动的红色字节里，我的名字排在第一。

还有每次走上领奖台前，主持人依次宣布完季军、亚军，最后念到我名字——冠军，隋菁菁！那一刻，我浑身起了鸡皮疙瘩，兴奋和自豪感让我飘飘欲仙。

在游泳队长大的我，生活简单，成就感也来得纯粹。16 岁就拿了全国冠军的我，变得有点膨胀，觉得自己很厉害，拿冠军也不是什么难事。

当时的我不知道，四年后，我就会开始另一段不顺风顺水的人生。

从 1999 年起，我跟着队里的师姐们开始参加国家游泳队的训练。2001 年，我搬去北京，正式开始了国家游泳队的集训生活，也过了第一个在异乡的春节。

2002 年，我 18 岁了，同龄人开始上大学。在队里安排下，我回到上海，在上海交通大学读国际贸易专业。

六年的体校生活，文化学习的时间很少，我连中考、高考都没有参加过，到了大学后才发现，跟在校的学生相比，作为运动员的我，在文化水平上确实差了一大截。

有很多课程，我都听不懂。对同龄人来说，迈入大学，意味着进入多姿多彩的人生新阶段。但让我失望的是，我的生活跟过去那么多年并没什么不同。

运动员大学生每周只上一次课，其他时间我还是在队里训练，而且还是作为蝶泳组组长带小队员训练。

难道我的生活要继续这样重复下去吗？我觉得很失落，渐渐对运动员生活开始产生了疑虑。

那时的我，对自己在专业上能达到的成绩有了懈怠。1999 年，我参加国家队为 2000 年奥运备赛举办的选拔赛，因为名次差了一名，与奥运选手的身份失之交臂。

到了 2003 年，我评估了自己的成绩，参加 2004 年奥运选拔赛也没有太大希望能入选，就算参加奥运，也很难拿到前八名。

全国冠军已经拿过了，奥运冠军没戏，那么，继续游泳还有什么目标呢？继续苦练是为了什么呢？

2004 年 5 月，我和父母一起与我多年的潘教练沟通，提出了退队的想法。他竟一点也不惊讶："我就说嘛，你练不出来的！"

原来，潘教练看我从小就喜欢问为什么，喜欢自己琢磨，不像别的队员那样照着教练的话不撞南墙不回头。他据此判断，我不是那种会走向专业顶峰、成为顶尖高手的运动员，因为大部分国际拿奖选手都需要完全心无旁骛，甚至是偏执。

潘教练同意了我的申请。2004 年 5 月，我参加完人生最后一次全国游泳锦标赛，正式告别了八年的游泳队生活。

不做专业运动员了，要干什么呢？当时，我的两个表姐都出国留学了，从她们的言谈中，我产生了对留学生活的向往。我想，要不就走出去闯闯！

北美七年，
我拥有了三种人生

2004 年暑假，我报了一个英语培训班，从头开始学英语。多年没好好上文化课，我的英语水平几乎是零基础。两个月培训班学完，我的第一次雅思成绩才 4 分。

但当时的我已经瞄准了要出国，无论如何都要完成自己做的决定。8 月，我通过留学中介到了加拿大温哥华，我的目标是表姐在读的加拿大西蒙菲莎大学。

学校认可了我的运动成绩，同意以体育特长招我入校，我可以直接进入西蒙菲莎大学校游泳队开始训练。

但是，要正式入学，我必须达到两个录取条件：首先雅思成绩要达到 6.5 分，其次要看我在国内的高中成绩单。

就这样，只会用英语打招呼的我就开始了一边上语言学校，一边参加校队训练的生活。

初入校队，我完全像哑巴一样，没办法听懂教练的指示，也没办法表达自己的感受和状态。

校队的 Liam 教练特别友善，耐心地给我比画动作来交流。为了帮助我尽快学会英语，他要求我每周写一篇训练日记，还联合他当小学教师的妻子帮忙，给我批改日记。

在教练的帮助下，我咬牙坚持着。过去十多年的体校生涯，让我不知不觉地形成了很强的抗压能力。

相比竞技体育中高强度的训练、冲刺、挑战极限而言，学习上的辛苦显得分量轻了很多。况且，这是自己做的决定，我也分外有动力去坚持。

2005 年 11 月，我拿着雅思 7 分的成绩单，终于成为西蒙菲莎大学传媒专业的新生。

学校向我提了三个要求：

1. 我必须每学期至少修满 12 学分，且平均成绩 GPA 在 2.5；

2. 我必须保证在校队的训练出勤率在 90% 以上；

3. 我的游泳成绩必须达到全加拿大前三名。

一学年结束时，学校会对我的表现进行审核，如果我同时满足了以上三个条件，学校将授予我每年 1 万加元的全额奖学金。

这对我来说，真是不小的吸引力。一年学费在 8 万人民币左右，加上生活费，开支不小。如果我能拿全奖，那么，基本可以负担大部分学费！

于是，我开始铆足劲儿，学业和游泳都不能落下。每天凌晨四点起床，四点四十五分到达校队游泳池，为五点开始的训练进行热身。

训练两个小时后，赶紧返回家里补觉。两个多小时后，又回校赶十点开始的课程。下午两点半到四点，仍然是训练，配合后一小时的体能锻炼。

比在国内体校生活稍好一些的是，周六可以只训练半天，周日休息。但比国内体校挑战更大的是，我必须得学习和训练兼顾。

遇上外出参加比赛，我常常不得不跟教授沟通，单独提前参加期中或期末考试。第一学年，我还可以勉强应对。

2007 学年开始，增加了很多专业课程，涉及的术语和学术知识，是我此前从来没接触过的，一下子感觉很蒙。

在国内，我也从来没学过学术研究需要的方法和技巧。我的专业课学习变得特别艰难。

有一门传媒经济专业课，我的论文被教授退回三次，每次他都说，我的用语不严谨，问题很多。

我只好拼命泡图书馆，查资料，看参考书目。第三次改论文时，我请 Liam 教练的妻子帮忙为我修订了语法，心想，这次应该能通过了吧。

可教授还是拒收，在我的一再解释和请求下，教授终于勉强收下了我的论文，但他很严肃地说："这门课你肯定没法通过了!"

我很沮丧，一门课拿 D，对我全年平均拿 C + 的目标可是不小的拖累。后来我才知道，教授对每个人都很严格，对每个人都说没法通过。

结果，我还是以 C 的成绩惊险过关了。班上很多白人学生都拿 D 呢。

克服学业挑战的经历，让我第一次懂得了学习和学术研究方法，以及与教授沟通的方式。我也学会了白人坦率直接的思维和表达方法。

学习方面，我慢慢得心应手起来。到后来，校队很多新入学的队员还来找我咨询以前课程的心得。

在西蒙菲莎大学的学习，是我自己独立努力获得的，学习的顺利，给了我跟比赛拿冠军不一样的成就感，我觉得自己有了底气。

与此同时，我在校队的训练也取得了很好的成绩。2006 年我就拿了全加拿大游泳比赛前三名。2008 年，我达到了个人游泳成绩的最高峰。

2008 年 4 月，我个人代表西蒙菲莎大学参加全美大学生联盟运动会，拿到了 4 个单项冠军，打破了 4 项纪录，还与队友们共同拿下了另外三个接力赛冠军。

我成为当年全美大学生联盟运动会的年度最佳游泳女运动员。

回到学校，我又获得了西蒙菲莎大学年度最有影响力运动员的荣誉，校报用大量篇幅对我进行了报道。

这次拿奖，给了我前所未有的成就感。因为，这次获得冠军，与以前在国内的冠军完全不同，可以说是我凭一己之力取得的，是我意料之外的巅峰。

在国内体校，有整个教练和后勤团队的指导，训练非常专注，具备了出成绩所需的所有外部条件。

但在加拿大，除了校队教练，其他的一切都只能靠自己。饮食上不再有精心搭配，还有学业要额外消耗精力。

我成了校园里的知名人物，走在学校里，穿着游泳队服的我，经常得到同学们羡慕和崇拜的目光。

在西方世界价值观中，体育不是与学业平行的另一门专业，而是学业优秀的基础上，需要额外精力和能力才能从事的高水平活动。

因此，运动员是头脑和四肢都发达的象征。

在种族分化、各自为阵的温哥华，作为校队唯一一个外国队员，运动员的身份让我比别的亚裔学生有更多的机会接触到白人朋友圈，感受到更少的种族评判。

我在泳池和学海忙得昏天黑地的时候，我的室友，一个杭州姑娘，曾经很羡慕地对我说："你知道吗，你可是同时拥有了三种人生。"

我这才发现，她说得没错。

跟以前在国内的队友比起来，我多了出国留学的经历；跟大学里的留学生比起来，我多了在校队做专业游泳队员的经历；跟大部分亚裔学生比起来，我又多了更多融入白人社群的经历。

2010 年 6 月，我以平均 A 的成绩从西蒙菲莎大学毕业了，拿到了传媒和经济学双学位。在学位授予仪式上，校长认出了我，笑着祝贺我："你毕业了！"

那是我人生最有成就感的时刻。在加拿大六年，我不仅达到了游泳成绩的高峰，且圆满完成了学业。

更重要的是，这一切都是我独立争取和实现的。可以说，我真正的全面成长，是靠自己在加拿大这六年实现的。

我对自己有了真正的信心和肯定，跟16岁时的膨胀不一样，这份信心，是一步一个脚印在艰难中累积起来的。

我想，我证明了：运动员不只是四肢发达，头脑也可以一样发达！

用工作回报体育带给我的一切

2004年离开体校时，我曾以为，我对游泳已经腻烦了，再也不要继续游泳了。可回想起过去十多年的时光，我才发现，这些经历和成就感，都是泳池带给我的。

我游了二十年，游过的距离可以绕地球近两圈。这些时间和辛苦，都没有白费。二十年来，运动员的身份，已深深烙在我身上，我的职业道路，自然而然也从体育界开始。

从2009年开始，我在学校一边做经济学专业的助教，一边在校游泳队任业余教练和救生员。虽然已经申请了加拿大永久居留权，我仍然关注着国内。

2010 年，我在温哥华看到了第二年的世界游泳锦标赛将在上海举办的消息。我很激动，离家七年，如果能回上海，服务于我曾经战斗过的赛场，该多好！

可惜，因为我人在国外，我的志愿者申请被拒绝了。我不甘心，求助于从前在上海体校的潘教练，他已在上海市体育局就职。

潘教练热情地为我说情，他对我说："要不你就回国呗！"于是，2010 年 11 月 4 日，我回到了上海，进入世锦赛委员会做志愿者。

站在泳池边，旁观那些师弟师妹为金牌而战斗，我百感交集。既有对他们的怜惜，又充满了对曾经多年吃苦生涯的感恩，是那么多年珍贵的经历塑造了现在的我。

2011 年 8 月，世锦赛结束后，原来在赛委会里的领导很认可我的踏实肯干，又把我调到深圳参加了当年 9 月举办的世界大学生运动会的筹备工作。

两场赛事都落下帷幕，我也该回温哥华了。上海市体校的领导挽留我："你干吗回加拿大呀？就来我们体校工作吧！"

领导的提议，说中了我的心愿。那一年在国内的工作和生活，我被国内欣欣向荣的景象深深震撼了，各行各业都在爆炸性发展，简直是千帆竞秀、百舸争流。

相比之下，加拿大是成熟稳定的发达国家，在温哥华，我可以很清晰地看到20年后的生活。有一座大房子，每天很规律地做一成不变的工作，偶尔去度度假。

而在国内，人们不是只在生活，而是在拼搏。在泳池战斗多年的我，怎会甘于安定、平淡的生活呢？我决定要回国，挑战自己，尝试更多的可能性。

2011年底，我从给上海市女子篮球队做翻译开始，承担了上海市体育技术学校外事专员的工作。这时的体校，比十多年前我进校时已有了很多新变化。

体校不再是封闭的环境，队员们常常可以出国训练，在国外更好的设施、更先进的训练理念下，更新自己的竞技状态。

同时，各专业队与国外的运动队经常展开互访，交流训练和竞赛心得。

而且，队里还有了外教、外援，有的甚至是问鼎世界级赛事的顶尖高手。在这种环境下，我的师弟师妹们，比当年的我幸福多了，眼界更开阔，心理状态也更活跃。

改变带来机遇，也给了我满满的干劲。我希望能用自己的努力，帮助国内运动员见识更广阔的天地。

对我个人而言，争分夺秒的泳池生涯，让我深刻感受到时间的宝贵，以及时间的不确定性。

我从来不设什么三年、五年目标，因为三年、五年后的生活，谁能确定呢？我最多只考虑半年。

最近，我们正在努力给市女子篮球队挖到一位欧洲杯冠军教练，2017—2018 赛季，上海女篮在全国联赛中打出了历史最好成绩。

如果能挖到这位顶级教练，尽快帮队员们提高竞技水平，我们有信心，可以在几个月后的 2018—2019 赛季创造更大的辉煌，这就是我接下来半年的工作目标。

二十年的运动员身份，已在我的身心打下深深烙印。我的人生目标，也与体育密不可分。

我希望，能帮助目前国内的竞技体育行业进行转型，让三十年后的下一代孩子看到，做运动员不是因为放弃了学业，而是像现在的欧美一样，是一种更优秀的追求。

我们的孩子，将会主动地选择走上体育之路，到那时，中国也将成为全民运动、体育人才辈出的真正体育强国。

脚踏实地生活，只想成为别人的正能量

体育像一个无微不至的恩师，教会了我不怕苦不怕输，再大的困难，都要咬牙走过去。二十年泡在泳池里，我一天要完成的任务是一般人三天的密度和强度。

我经历过苦练的煎熬、失败后的自我怀疑、成功的不确定性，练就了平和坚韧的性格。

平时，我不喜欢看自媒体上的励志文章。别人的话终归只能触及表面，我觉得，真正的励志只能从实践中得到。

最近一年，我开始跑步。在跑步中，我真切地感受到村上春树所说的“生存的质量并非成绩、数字、名次之类固定的东西，而是含于行为之中流动性的东西……”

在跑步时不需要交谈，只需眺望风景，凝视自己便可。这是任何东西都无法替代的宝贵时刻。

下半年，我计划参加在上海举办的半程马拉松比赛。

无论是训练还是竞赛，在泳池里，能依靠的只有自己，所

以，必须坚定自我，在一次次的怀疑、骄傲、动摇、拼搏中，把自己的内心调节到最平衡的状态。

在平时生活中，我喜欢去琢磨和体会社会上流传的讯息和新事物，要投入生活，而不仅是耳濡目染。面对那些碎片化信息，不必焦虑，而是用自己的方法去探索和感受。

我的人生动力，就是身体力行地成为别人的正能量：

我不要负能量，不要悲伤，不要后悔，也不要别人的评判；

我不希望看到20岁的年轻朋友们迷茫，不知道前路何方；

我不希望看到30岁的同龄人放弃自己，成为“中年油腻”；

长辈们，我希望能让他们不再担心，因为我们都在积极努力地生活。

在竞技场上，短短0.1秒，就是第一名和最后一名的差距。

我不需要别人记得我。我只要活在当下，当下付出了、投入了，人生便无悔矣。

一个荡气回肠的痞子

—

采访时间：2018 年 5 月 15 日
姓名：孙荣波
性别：男
年龄：34 岁

—

上海人，导演、演员、大型艺术项目策划、上海知名舞台剧制作人。上海某文化公司创始人，法国艺术候鸟联盟成员，乌镇戏剧节古镇嘉年华负责人，上海城市空间艺术节、武汉城市空间艺术节策划。

孙荣波与我约在他即将开业的新餐厅，他一整天都泡在粉尘漫天的装修现场，这是他的新业务。

我差点没认出，眼前这个漂染着发、穿着无袖篮球服和球鞋的人，是介绍里的知名戏剧节制作人“孙总”。

与外表反差更大的，是他的理想人格——痞子，一个荡气回肠的痞子，杜月笙或韦小宝那款。

在采访间隙，他不时发语音聊工作，言语平和细致，却毫无潇洒不羁的感觉。不管理想如何狂跩酷炫，通向它的路从来无法轻松平坦。

“关于盖棺论定这个问题，我已经想好了。我墓碑上的铭文将会是——‘一个好人’。

“在我的葬礼上不要放哀乐，我要放二手玫瑰乐队的《煎饼侠》。我希望，来参加我葬礼的人，最后谈起我时，能点点头，说：‘嗯，是个好人！’”

我宁愿做桀骜不驯的脱缰野马粉身碎骨

我在上海的街巷听着吴侬软语长大，可在自己身上，一点也没有上海人常见的务实及“精于算计”。反而“狂傲”，成为我从小到大的标签。

高中时，语文老师给我们讲解议论文，给了一个材料让我们提炼论点：

一匹拉车的马，一直被拴着。终于有一天，缰绳被解开，这匹马得到自由，急不可耐地奋力狂奔。结果避让不及，冲下了万丈深渊。

老师问这个故事说明了什么。我站起来答：“这个题目的本意是想说，自由不一定是好事，规则也不一定是坏事。有时候，规则可以让我们避免像这匹马一样的结果。”

老师赞许地点点头。我顿了一下，又接着说：“如果是我，我宁可疯狂地奔跑一次，哪怕冲下悬崖粉身碎骨，也好过被绳子拴着，死气沉沉一辈子。”

全班一片死寂。幸运的是，语文老师刚好特别喜欢怪才，对我独树一帜的论点很是欣赏。于是，他开始推荐我参加校内外的文艺活动。

但我并没发现自己对文艺有特殊爱好，我只是讨厌循规蹈矩地遵从传统。从小，我就有质疑权威的聪明劲儿。在别人看来，这就是一股“狂”劲。

在语文老师推荐下，我代表学校参加了市里的小品比赛，拿到了上海市表演一等奖。这是一个很有分量的奖项，在后来高考时，还带给我优先选专业的待遇。

那时，我没想到，几年后的我竟会投身表演行业，将欧洲的公共空间表演艺术带入中国，并发扬光大。

高考后，我无惊无险地上了本地一个普通大学的自动化专业。那时想着，反正也不知到底对什么事情感兴趣，不如先读个大学再说。

在大学社团迎新活动上，闲逛的我被坐在话剧社招新台前的两位美女吸引了过去，她们热情地劝我加入戏剧社。美色当前，我想也没想，就报名了。

入社面试时，我上台表演了高中时拿奖的小品，顺利进入了话剧社。当时招我进社的话剧社长，六年后成为我第一家公司的合伙人，如今，他已是知名的影视制片人。

而在剧社里给我们指导表演的名誉社长，刚从上戏毕业就凭借一部现象级仙侠剧，火遍全国，至今仍是国内一线男演员。

当时的我，可不知道，我的演艺圈生涯就这样开始了。我只是纳闷，进话剧社以后，怎么再也没在社里看到过两位美人儿？

后来我才得知，她们是舞蹈社的人，只是被社长临时邀请去站台充门面的。

就这么阴错阳差，我开始了在戏剧社玩耍的日子。除了排练、搞搞小演出，我跟剧社里的小伙伴经常一起出去玩，流连于一些表演圈内人士常去的艺术空间、剧场。

我很喜欢这种轻松随意的氛围，不过，当时并没有想到要走艺术这条路。

很快，我毕业了。在家里的安排下，我在传统行业公司做了一名销售。

在这个公司的半年，差点要了我的命。虽然我没想好自己到底喜欢做什么，但真正要我去做传统上班族的活儿，我才发现，简直度日如年。

实在煎熬不下去了，我只好跟家里诉苦，强烈要求解脱。幸好有家人理解，我又重获自由，跟剧社的小伙伴“混”到了一起。

2006 年底的某天，我跟朋友们在下河迷仓剧场玩，正巧遇到法国导演贝尔特朗。为他即将启动的戏剧节目《当月亮升起的时候……》，来上海招募演员。

《当月亮升起的时候……》将参加世界最大的公共空间表演艺术节——法国奥里亚克国际情境戏剧节。

20 世纪 80 年代中期，巴黎的艺术家群体提出“戏剧走向街头”的理念，在法国奥里亚克创办了第一个街头（戏剧）情境艺术节。

数十年的发展之后，如今，Aurillac 艺术节是欧洲规模最大、水准最高的街头艺术节。

对于演员来说，这是很有吸引力的机会。此前，为了提高表演素养，我已经刻苦练习了两年格洛托夫斯基的表演训练法。

于是，我幸运地被录用了。第二年初，整个剧组开始在上海训练和排练。几个月后，我们到包括里昂在内的欧洲数个城镇继续训练。

当年8月，一年一度的Aurillac艺术节正式开幕了。自20世纪80年代开始，一些自行组建、酷爱戏剧的剧团不请自来，希望在戏剧节上找到自己的舞台。

于是人们把集中戏剧精华的专业正式演出称为IN，把外围艺术团体自发带来的演出称为OFF。而我是第一批参加IN类演出的中国演员。

在Aurillac艺术节上，我见识了法国如火如荼的公共空间表演艺术。这是一种新的、完全根植于城市公共空间的表演形式。

在开放的、几乎所有可以站立人的空间里——比如街道、院子、田野、房间乃至交通工具里，以及各种各样、特别制作的空间场景等地方展开。

过往行人都可以自由观看和参与，演员和观众的互动性非常强，传统台上台下的界限已消弭于无形，现场充满了乐趣。

这种打破固定模式、平等互动的表演方式，跟我桀骜不驯挑战传统的性格不谋而合。在这里，我开始有了要全心投入公共空间表演行业的决心。

成就感就是我的乐趣

项目结束的2007年秋天，我回到上海。一开始，在朋友热心推荐下，我还是继续着四处做演员的日子，同时谋划着逐渐转入幕后制作工作。

但在法国立下的决心，已在我心里萌芽，我想寻找机会实现它。我跟朋友们夸下海口："我要在中国某个小镇，做一个属于人民的戏剧节，完成期限三十年内!"

为了避免被"打脸"，我给自己留了足够长的时间。因为当时在国内，戏剧节还是一个很陌生的概念，公共空间表演艺术更是大多数人闻所未闻。

但，越是没人做的新鲜事，越对我的胃口。然而，走在新路途上的人总是孤独的。

那漫长的四五年间，我辗转于室内、户外、商业、小众等戏剧的台前幕后，对狂傲的人来说，蛰伏的感觉很煎熬。就像电影《昨天》里的贾宏声。

贾宏声是我特别欣赏的演员之一，同样是一个荡气回肠的痞子。他在电影里演他自己——活得与世界格格不入，活到最后放弃了生命，2010 年 7 月，他从楼上一跃而下。

他的离去，给了我很大的震撼。一年多后，我也进入了工作的低潮期。2012 年 6 月，我在微博上写了段和贾宏声自传式电影《昨天》里经典台词一样的话：

“我也看见了那条龙，他死死地盯着我，问我，你是谁。我说我是孙荣波。他说，孙荣波是谁？

“我说，孙荣波是个做戏的，热爱舞台，热爱燃烧生命的工作，曾梦想成为一名伟大的演员，也想操办一台很牛的艺术节。

“他说，你什么都不是，你就是一个人，你爱吃馒头饺子，爱唱歌爱姑娘。你就是一个人，一个人一个人……”

没想到，几个月后，我终于等到了一个机会。文化乌镇股份有限公司打算举办一场乌镇戏剧节，邀请了孟京辉、赖声川、黄磊、陈向宏等演艺界大佬一起筹办，正在寻找适合的活动执行团队。

得知这个消息，我迅速从朋友手中拿到了招标文件，立即着手准备竞标。

平时交好的圈内伙伴们，都不看好小镇戏剧节这个新概念。

只有我凭着从小到大的自信，笃定这绝对是一件大有可为，且是我一直想做的事。

我拉着七拼八凑地慢慢拢起来十几人的小团队，加班加点，做了一百多页 PPT。

宣讲当天，主办方原定每个竞标单位 40 分钟讲标时间，我却用了一个多小时，把自己对乌镇戏剧节的构想详细阐述了一遍。

11 月 30 日的晚上，我收到了中标通知。因顾虑我人力单薄，主办方没有把活动整体执行交给我，但他们决定，把戏剧节户外表演单元——古镇嘉年华，让我来执行。

2013 年 5 月，第一届乌镇戏剧节正式开幕。为期十一天的活动中，我为户外板块安排了 500 多场丰富多样的演出。

在我不足二十人的小团队齐心协力下，活动现场有条不紊，管理一丝不乱。戏剧节结束后，我就被“招安”进了主办单位，开始了持续五年负责乌镇戏剧节古镇嘉年华板块的职场历程。

虽然第一届乌镇戏剧节一炮打响，但我不喜欢做重复的事。对我来说，自我挑战、自我颠覆才是成就感的来源。

活动完成后，我马不停蹄地开始复盘、反省活动思路和执行中的问题，去国外学习、研究，跟业内的朋友交流、咨询。

第二届戏剧节，户外表演节目达到了数千场。我的恩师——引领我走上公共空间表演艺术之路的贝尔特朗导演，也带来了他制作的最新剧目。

但我不想止步不前，挑战的欲望驱使着我，我想要做更新、更纯粹的东西，尤其是别人做不好的事情。

2017年初，我离开了文化乌镇公司。着手筹备另一个纯粹的以公共空间表演艺术为核心的艺术节——上海思南公馆城市空间艺术节。

5月28日，首届上海城市空间艺术节在思南公馆开幕。这是中国第一个专业的公共空间表演艺术节，贝尔特朗导演担任了艺术总监，我担任中方制作人。

在三天的活动时间里，我们筹办了123场演出，包括了音乐、舞蹈、装置、新杂艺、木偶等表演形式。

更重要的是，这次艺术节是纯免费、无围墙、无边界的公共空间艺术节。所有行人，包括保洁、保安员，甚至乞丐，都可以自由地驻足观看、参与、与演员互动，360度观看表演的方方面面。

为了做到真正的“人民艺术节”，我还为残障人士准备了特殊服务人员，帮助他们找到更适合观看和参与现场演出的场地。他们脸上的笑容，带给了我极大的满足感。

我喜欢这种没有界限、没有传统阶层差别的感觉。没有什么人可以高人一等，比别人说了更算。

2018 年五一期间，上海城市空间艺术节迎来了更火爆的第二届。这一届艺术节有了我精心构思的名字——St Art Festival 。

在小小的思南公馆广场，有两万多人到场体验。第一天，活动现场旁边的咖啡馆就创造了销售新高。

我认为，每个项目都有不够完美之处，城市空间艺术节也是如此。对我来说，永远不存在最满意的项目。

改变那些自己能改变的事情，持续往前狂奔，才能带来持续的成就感。

今年，我又在着手新事务——我成立了自己的剧团，即将配备固定的演员和编剧班底。

接下来，我打算制作从内容到表演形式都是原创的公共空间表演戏剧作品，把剧团打造为中国第一支以公共空间表演为核心的现代剧团。

一些朋友问我，我是不是因为对戏剧这一行特别感兴趣、特别喜欢，所以才这么有干劲，做了这么多事情。说实话，不是。

兴趣从来不是我的动力。回顾过去，从十六年前进大学剧社，到去法国做演员，总有种种巧合，让我不知不觉一直“游历”在表演艺术这一行。

冥冥之中，我又不断遇上新项目、新挑战，不断激发着我的挑战欲和完成欲。慢慢地，在完成 St Art Festival 城市空间艺术节这样的项目时，我也逐渐感受到了更多责任。

在公共场所，做一场这样的艺术活动，让所有人自由参与。这样的事情，本身就变成了公共的事，带上了公益精神。

我开始明白，做公共空间艺术活动，不仅仅是考虑我自己的创作欲和成就感，也要越来越多地考虑对社会和民众的影响，这便是一种社会责任。

责任和能力兼备，我觉得，这才是我理想中的人格，就像西方经典戏剧《物理学家》的主角莫比乌斯。

2005 年在大学剧社舞台上，我“成为”莫比乌斯，自那以后，他就是我记忆里最深刻的角色。明明有毁天灭地的能力，却心怀天下拯救苍生，甘愿隐姓埋名，酷毙了。

矛盾的自我继续在“膨胀”

说起社会责任来，怎么也不太像一个“荡气回肠的痞子”会讨论的话题。不过，我确实是这么一个充满矛盾的人。

从小到大，我都喜欢挑战传统，喜欢新鲜事，做别人做不到、做不好的事。这种欲望，让我很多时候看起来有些狂傲。

不了解我的人，尤其是一些习惯了被人追捧恭敬的大佬，会认为我傲慢无礼。但对待身边的人，比如工作伙伴，我都会特别尊重。

只要是不拿腔拿调的人，我都尽量以礼相待，把他们的感受照顾得妥妥帖帖。

发小跟我开玩笑，说我“一直在膨胀，从未消沉低调过”。如果膨胀指的是自信、坚持自己的想法，那么，我确实挺膨胀的。

我相信自己大部分判断都是正确的，这是一种敏锐的直觉。

一些活动主办方找我做公共空间表演项目，我都会坦率地告诉他们：我绝不参加方案比稿，要么就找我，要么就找别人。

不要联系了我，又比来比去。

但同时，我又喜欢颠覆自己。时刻保持着质疑，时刻与自己的习惯性思维做斗争。

虽然对自己很自信，但我知道，没有努力，只凭聪明也干不成事。每个项目，都得认真分析、判断、执行。

我觉得，永远没有完美、满意的项目，不过，在工作时，我又追求极致。工作不是做完就好，而是要做到自己问心无愧为止。

有时，我团队的小伙伴们会特别惊讶地说：“××公司（活动主办方）的人怎么就下班了呢？事情还没做完啊！他们不着急吗?!”因为，我们都已经习惯不眠不休地把活动做好。

有时，主办方的活动视觉设计风格让我不能接受，我就干脆请他们不要把我公司 logo 放上去，我不想把自己的 logo，与我看不过眼的画面放在一起。

我要做一个有立场的文化商人。这就是我的工作目标，也是我的人生目标。

刚从法国回来时，我跟朋友们吹的牛“要做一个属于人民的小镇戏剧节”。这个目标，在第一届乌镇戏剧节算是实现了。

2013 年，我又放言了新目标——“我要成为中国当代戏剧教父!”完成时间，还是三十年。

我希望改变中国当代戏剧表演行业的表演形式和行业生存模式，做新兴的、跨界的、融合的新戏剧。

让戏剧更公众化、让戏剧人走到大众中去，活得更接地气、更有存在感和价值感。

接下来，我就是为实现这个目标而继续狂奔了。我希望，这个目标也能提前实现。

战地记者中的歌者：我用话筒吟唱两种生命

—

采访时间：2018 年 2 月 12 日
姓名：仝潇华
性别：女
年龄：36 岁

—

河南焦作人，现任凤凰卫视高级记者。毕业于解放军艺术学院音乐系（现国防大学军事文化学院），师从著名歌唱家王莹，后于俄罗斯柴可夫斯基国立音乐学院进修。曾驻俄罗斯八年，其间报道俄罗斯的政治军事等国际重大新闻。归国一年多后，将重返俄国长期驻站。

采访仝潇华，她没有和我细说战火硝烟的那段经历，而是一路走来的各种“幸运”，这已成为她屡屡感恩的人生感悟。

独闯异国难道没困难？人生就没经历过挫折吗？我觉得难以置信，不够乐观的人总是觉得生活没那么简单。

她说了一句话，让我醍醐灌顶：“我觉得困难都是本来就应该出现的，事先预料到了也就不算什么了，总有办法解决……做了决定就不再后悔，执行就好。”

她的乐观来自放低心态和姿态。困难成了意料之中，善意成了意外之恩。我想，她有这样的心态，才能像水一样流动不拘。

我生命中的关键时刻
音乐不离左右

2013年7月11日，我一直清晰记得这个日期。“好吧，仝，你可以跟我们去。”电话那头传来格纳申科冷峻的声音，我激动得差点跳起来。

终于被允许加入做战地记者了！我将跟着俄罗斯国防部新闻局组织的劳军歌舞团，登上俄罗斯军方的专机，前往叙利亚首都大马士革，慰问当地的叙利亚政府军战士。

作为凤凰卫视驻俄罗斯记者，这将是我第一次奔赴叙利亚战场。自从2011年叙利亚战争爆发以来，能亲临现场成为一名战地记者，是我一直争取达成的目标。

既已身处临近战场的俄罗斯，就要报道最重大事件，这是记者的职责所在，也是我对自己的要求。出于安全考虑，俄方原本严禁外国记者参与随行报道。

幸好，新闻局局长格纳申科是我工作上的老朋友，在我的软磨硬泡下，他终于同意了我的加入——但，是以一名演员的身份。

按他的安排，7 月 13 日，我将作为一名歌唱演员，首次登上异国军队歌舞团的舞台，用我的歌声慰问另一个国家的战士。

除了组织这次劳军演出的俄罗斯国防部新闻局官员和安保人员，和我同行的，是俄罗斯亚历山大罗夫红旗歌舞团的 60 多名演员。没有一名外国记者，我是唯一的例外。

我既激动，又感到莫大的幸福：音乐，我前半生的追求和梦想，在关键时刻，不曾离开我左右。

幸运之神眷顾我走上歌唱之路

7 岁时一次秋游，在家乡村庄田野里，我和同学们唱起此起彼伏的歌谣。一首《童年的秋千》，让老师发现我有一副天生的好嗓子。

我理所当然地成了音乐课代表、文艺积极分子。小学一年级，老师就安排爱唱歌的我去给三年级学生教唱歌。那时候个子小，在讲台上放个小板凳，踩在小板凳上给高年级学生教唱歌。

在豫中那个贫瘠小村庄，我缺乏专业音乐老师教导。直到去乡镇读初中，我有了第一位音乐启蒙——侯建中老师。他发现了我在歌唱方面的天赋和潜力，无偿给我补专业课，教我乐理和声乐基础，每天不辍。

高中二年级，我参加了一次高考，当时艺考排名全省第一名，被河南大学音乐系录取，但当年学费要五千多元，考虑到家庭困难，就放弃了。毕竟我才上高二，还有一年备考时间。

父亲帮我找出了全国最有名的几所艺术学院，给我讲各音乐学院的历史和现状。

父亲在他读军校最后一年时，视力急剧下降，两千多度高度近视加一千多度的散光，定为六级残废军人，回到老家，在家乡务农，母亲照顾我和两个弟弟，家境清寒。

为了我的音乐学习，家里一直倾力支持，已是捉襟见肘。我迫切想要自立，不让他们再为我大学学费心力交瘁。

最后我选定了解放军艺术学院（以下简称“军艺”）。决定报考军艺，有三方面原因：其一，耳濡目染于父亲刚毅、正直的军人气质，我对军营和军校有种天生的熟悉和向往。

其二，军校是国家全额拨款，学费全免。

其三，军校毕业生有军籍，可以成为军官，对无依无靠的贫家学子而言，不失为一个有保障的出路。

做好了决定，有了目标，就大踏步向先走。高三刚开学，因 800 元学费没凑齐，老师很生气，说了我几句，心理承受能力差、自尊心极强的我就真的卷铺盖骑着自行车 60 里路回家了。

辍学在家，并没有停止高考学习，知识渊博的父亲成了我的辅导老师，除了英语以外，数学、语文、历史、生物、物理、化学全部对我进行辅导。

父亲给我上课有时在堂屋，天气好时就在院子里的大桐树下，他拿着树枝在地上列出几何公式，教我一步步如何解题。

为了给我凑去北京考学的费用，父母在家里开了个小酒坊，酿造纯粮食酒，我有时也去小酒坊帮忙烧火蒸酒。

一切都是为了高考。没想到，要考上这所名校，难度着实不小。

第一次去北京艺考，经过初试、复式、三式后，最终只录取六人。我落榜了，当年被洛阳师范学院录取。我不肯放弃，一边在师范学院就读，一边继续备考。

第二次赴京赶考前，我的室友们竟为我拼凑了一千多元路费，塞到我手里，其实室友们也不富裕。

生活最拮据的王淑珍同学，每顿饭都不舍得超过两块钱，而这次她给我塞了一百，这真的让我很感动，我把她们的情谊谨记心里。

每次赴京考试，我在摇摇晃晃的绿皮火车上，翻山越岭，到达后借住在父亲战友朱慧珍阿姨家里。阿姨像母亲一样，无微不至安排我的饮食起居，陪我一起去考场。

第三年盛夏，军艺录取通知书飞到了洛阳师范学院，我的声乐老师陈启英亲手替我领取了它。我赶紧跑去老师家，她把另一个信封一起交给我，那是她特意资助我补充学费的钱。

我感动得不知如何是好，老师握着我手说："潇华，现在正是你求学的关键时刻，有困难，别人的帮助要接受，不要拒绝，记在心里就好，以后有机会再回报。但老师给的，就不要记了，这是老师的心意。"

我和父母逐字阅读录取通知书才发现，被学校录取的是自费生。每年光学费就两万三，生活费另算。面对庞大数额，我贫寒的家中已没有值钱的财物……

开学在即，父母想到了办法——他们砍掉了院中两棵数十年的大树，卖了木材，加上一个多月东拼西凑的借款，终于让我怀揣着梦想和沉甸甸的巨款，登上了北去的火车。

临行前奶奶交代了我两条：第一，不要随意喝别人给的水，保护好嗓子；第二，咱家人穷志不穷，给钱再多也不要去唱堂会！

我不喜欢离别，轻松面对一切，没让父母家人为我送行，自己背了一个双肩包，走到公交车站，到月山镇火车站买了张学生票，站了十三个小时到北京。

走进军艺，我仿佛进入一座艺术圣殿，这里为一个农村姑娘展开了丰富多彩的音乐世界。

从学院领导到专业课老师，都是国内外音乐界的名家大师。幸运之神总是对我眷顾有加，让我遇到了中国十大女高音歌唱家之一的王莹老师，成为她亲自教授的两名声乐学生之一。

在王老师悉心教导下，我的专业素养日渐精进。我心无旁骛地在音乐之路上埋头前进，我的目标，是努力做一名优秀的女高音歌唱家。

当时的我哪能想到，几年后，我会拿起另外一支话筒，说出不同于音乐的语言呢？

军艺的时光转瞬即逝，毕业时的我不仅在学业上更成熟，四年军营生活也让我的性格变得更沉稳果敢。军艺毕业后，我考入二炮 54 基地文工团工作，也就是现在的火箭军。

在文工团为兵演出，为军服务，两年后，我觉得自己水平还不够，想寻求突破，只有在专业上更进一步提升，才能凭自己的本事走上更开阔的平台。于是，我做了一个决定——继续深造。

北飞俄罗斯，
异国求学路上的幸运与温情

当年俄罗斯的柴可夫斯基音乐学院排名世界第一，这对我产生了极大的吸引力。

2008 年 4 月，我争取了柴可夫斯基音乐学院的面试机会。面试的时间是在 5 月 6 日，为了能准时参加面试，没有出国经验的我从北京报了一个俄罗斯的中老年旅行团，5 月 6 日那天旅行团正好在莫斯科。

我和导游说了去俄罗斯的真实想法，想脱团去考试。导游是一名当地中国留学生，很信任我，就给了我一天时间，允许

我脱团自由行动。

面试正好赶上柴可夫斯基音乐学院的考核，所有声乐教授都在台下评分。我最后一个出场，演唱了三首曲目，考完后学校外办的老师就跟我说回去等结果吧，录取的话会给我发通知。

直到当年10月，我终于收到了录取通知邮件，经过一个月马不停蹄办理签证、收拾行装后，我在11月的秋风中踏上了俄罗斯的土地。

进修课程从我到达学院后就立即开始了，学院还为我同步安排了一对一的俄语老师，好让我尽快掌握俄语。

身在异国他乡，幸运仍在延续。三年进修生涯中，我遇到的专业课老师都非常耐心。印象最深的，是教我美声唱法的柳德米拉老师。

那年她90岁了，爱穿裙子，小高跟鞋，一同给我上课的钢琴助教纳达利娅也是80多岁老太太。

每逢我有课外表演活动，柳德米拉老师会专门为我上一堂预演练习课，帮我充分准备好演唱歌曲，哪怕是与学院无关的业余演出，她也不愿自己学生有一丝不够优秀的表现。

我的俄语老师伊莉娜50多岁，经常亲自到场观看我的节目，送上鲜花。伊莉娜喜欢郊游，我们一起郊游的时候她会给我讲一路俄罗斯人的故事。

在莫斯科的学习生活，充满了温暖和幸福。在学业之余，我萌生了要更了解俄罗斯社会的想法。

这个世界上最大的国家、跟中国爱恨纠葛数百年的国家，除了我在学院所看到的之外，真正的面目是怎样呢？

对此，我充满了好奇。我买遍了市面上销售的所有俄罗斯伏特加酒，几十种一一品尝过去，就为了弄明白，这些把俄罗斯人迷得晕头转向的液体到底有什么神奇之处？

每年夏天，莫斯科不论是富裕还是贫穷的街区，都有两到三周分期分地段停热水。因此，莫斯科人就不得不面对没有热水供应的窘境。

当然也包括我们这些留学生。有的干脆用冷水冲，有的自己烧水洗澡，有的到亲戚或朋友家蹭澡，还有的去游泳。我喜欢一天淋浴两次，早上起床一次，晚上睡前一次。

宿舍澡堂热水没了，无法正常洗澡，这令人非常不舒服。于是我和同学саяка（萨雅卡）商定一起到俄罗斯最有名的洗浴中心“桑都（сандуны）”去洗澡，体验一下俄罗斯浴，据说俄国大文豪普希金就常去桑都蒸桑拿。

桑都分男澡堂和女澡堂。女宾的票价1000卢布（当时约合人民币 350 元），经介绍才知道，所有洗澡要用的东西：洗发水、护发素、浴液、梳子等都要自己带，要是没带的话，在这里可以租或买到，价位也可观，租用毛巾 50 卢布、浴巾 120 卢布、拖鞋 170 卢布。

淋浴后，服务员带我们走进桑拿蒸汽房，她告诉我蒸桑拿必须要戴上帽子或头巾（我想，可能是东正教堂的规矩吧，女士在教堂里必须要用这些东西包住头发）。

看到几个俄罗斯女士两眼微闭，静静地躺着，很放松的样子。而我 5 分钟后已是大汗淋漓，烫得坐不住了。服务员在门口示意我再多蒸一会儿，我只好强忍着坐在里面，汗水顺着皮肤不停流出来，身上全是湿湿的，20 分钟后我终于冲出了桑拿房。

我在墙角木桶下站好，还没反应过来，服务员拉了一下墙上的绳子，一桶凉水从我头顶浇下，顿时我感到神清气爽，太刺激了！她问我怎么样，我非常兴奋而又肯定地说：очень хорошо！очень интересная！（感觉非常好！太有趣了！）

她大声笑着，脸上神光溢彩，一脸自豪地说："尽情享受我们俄罗斯桑拿吧，任何不愉快或者病痛都能被蒸掉的！"

来这里体验俄浴，对我们这些不会赚钱的留学生来说，已算是非常奢侈的消费了，奢侈背后还是要面对现实，其余的日子要么烧水，要么出去蹭澡。

一天，我到朋友单位去蹭澡。洗完澡出来后，一拐弯，发现了凤凰卫视独联体发稿中心。我走了进去，毫不犹豫地申请到凤凰去实习——去看看他们怎么报道俄罗斯，这是一次了解俄罗斯的好机会！

2009年9月，我开始了在凤凰卫视驻俄记者站的实习。我没有新闻学背景，而记者站已有好几个在俄学新闻的中国留学生实习，所以实习刚开始的一年里，我都是端茶倒水、跟随记者们观摩采访。

一线记者们忙得顾不上吃饭，我就主动去买饭送饭，干过最高级的活儿就是前线记者忙直播，让我帮忙在俄语网上找一些官方资料给他们，能为一线记者发挥点作用，也是挺值得我骄傲的。

我很享受这种旁观者的身份和状态，常常下班后泡在办公室里，整理以前的新闻片，将政治、军事、经济等片子进行归类，充实而满足。

直到那一次仿佛冥冥之中注定要降临在我身上的职责突然而至。

天降之“火”
让我意外走上记者舞台

2010年8月，记者站所有实习生都放假回国，记者们要到俄罗斯远东采访，留我一个人在办公室值班。他们临时给我做了基本的培训：写稿子的新闻五要素；编辑系统如何使用；直播间如何使用等。走之前他们还对我说，放松心情，一般没什么事。

从莫斯科飞到远东要十个小时，就在他们飞机刚刚起飞十几分钟后，时任俄罗斯总统梅德韦杰夫在电视上宣布，俄罗斯欧洲地区因森林大火进入紧急状态。

突发新闻不等人，我马上开始写稿做片子进入了工作状态。一条两分钟的片子，我用了八个小时才搞定。将片子传到香港已凌晨一点，刚睡着十几分钟，紧接着接到香港总部主编来电，说西伯利亚一架飞机坠机，需要马上做直播连线。

我赶紧用电脑查看俄罗斯官方消息，大概掌握了一些，脸都没洗就冲进了直播间，打开灯光，提前十五分钟坐在直播桌前，开始了我人生中的第一次直播。

香港总部的主编可不管你是实习还是正式的，只知道有大事发生就找值班记者，我既然答应留下来值班，发生任何事情都必须自己扛着，不能因为我是实习生而推脱逃避。

莫斯科市区周边烟尘滚滚，一些地方能见度仅几十米。为了提供现场的真实画面，我找了个司机，开了四个多小时，到达最近的火场进行现场连线报道。当天拍摄采访结束后我脚上的鞋子都被烧毁了，光着脚回到莫斯科。

十多天里，办公室成了我临时的家，白天采访，晚上编辑，一整夜一整夜工作，眼睁睁看着天亮，几乎不眠不休。等到大火的系列报道告一段落，出差的同事们也终于从远东回来了。

面对大家略感惊讶的赞扬，我只觉得受之有愧："把工作做好，承担好自己的责任，不是应该的吗?"

经此一"役"，记者站的领导很快就邀请我正式入职。当时我进入思考：艺术是我这一生都在追求的目标，一路走来，有心酸，也有欢乐，是我此生难以割舍的。

而新闻记者，工作岗位永远是在第一线，特别是经过一年多实习后，我见识了新闻记者对各类国际大事的报道，哪里发生自然灾害、恐怖袭击或者战争，哪里就有记者。

记者在地动山摇、枪林弹雨中冒着生命危险穿行，把热乎乎的新闻传递给全球华人。我认为记者的职业很神圣很伟大，经过一番激烈的思想斗争后，我选择记者这个职业，提前结束了柴可夫斯基音乐学院的学习，加入凤凰卫视。

2011 年元旦，我正式成为一名凤凰卫视驻俄罗斯记者。

战争、死亡、互助……
驻俄五年的那些城与人

在凤凰工作后，我走过了这片广袤土地上大大小小的很多城镇。工作的机缘，也让我结识了包括当地政府工作人员、华人、普通村民等朋友。

2011 年 3 月，叙利亚战争爆发。2015 年 9 月，俄罗斯联邦委员会批准在叙利亚动用武装力量，俄罗斯正式卷入战火。

做战地报道，给我的工作提出了新的挑战。虽然我努力争取到了 2013 年 7 月以演员身份奔赴战场的机会，但第二天，叙利亚首都大马士革就被武装分子占领了，俄军方临时取消了行程。

直到2013年底，我终于得到了第二次机会，真正进入了叙战场，开始战争报道。

我们常常到访俄军的军事基地，采访军队训练、设备作战的场面。每次在叙利亚各城市废墟采访，都由俄军派几十名特种兵随行保护。为了我们的安全，他们严格要求我们不得私自改变采访路线。

但我们还是抓住了偶尔的机会，在路过叙利亚村镇进行队伍休整时，目睹了叙战下的平民生活。

萨利马小镇是个一百多人的小村庄，挨着叙利亚政府军和IS军拉锯战的前线。我们停留时，还没坍塌的几间民房在炮声中战栗，村民们只是老人妇女儿童，青壮年都被抓壮丁充军了。

他们远远看到俄军的车队，就奔上来，敲着铁盆，举着叙利亚总统的头像。这是俄军穿越IS封锁线给村民送人道主义援助物资的，这些水、食品、药品就是他们全部的生活来源。

没有任何医疗设施和医护人员。在这里，生命像风中的树叶。

国内的亲朋好友得知我做战地报道，常常问我："你不会觉得害怕吗?"说实话，我从没有感到恐惧，每次采访都有俄军特种兵全程贴身保护。

全副武装、人高马大的特种兵们，一眼望去就让我们心生信任和踏实感。且我们和其他外国记者同进同出，大家都专注于手上的新闻素材，无暇顾及个人感触。

即便如此，战地记者生涯中，我也曾与死神擦肩而过。2016 年 5 月 6 日，在采访回程路上，途经 IS 控制区巴尔米拉，200 米外的 IS 枪手无声地击中了我们随行的一名特种兵。

我们浑然不觉，直到回到驻地，才被俄军告知，这名士兵已殉职。遗体当即装在每次与队伍随行的医疗车内带回——我第一次看见卫生车随行，就惊讶地得知其用途并不仅仅是疗救，而是收尸。

悲剧真的发生了……我既为这名士兵难过，也感到后怕。我害怕的不是死亡，而是工作进行到一半，却被迫戛然而止，该有多可惜！

战争虽然是我在俄五年记者生涯中特殊的一段经历，但更让我回味无穷的，是那片土地上不知名的宁谧乡村，质朴无华的日常生活点滴，还有在那些点滴岁月中蕴着光华的人。

2012 年 9 月的一天，我走出亚洲艺术音乐节会场，正要穿过克拉斯诺亚尔斯克小城的街道，一位高挑的美女迎面而来。

她栗色的长发和深棕色双眸很惹人注目。我忍不住看着她，心里猜测她是华人还是亚欧混血。

她此刻也在看着我，很大方地停下来对我说："你好！"这是我跟玛利亚相识的开始。时年40岁的她，是当地华人商会会长，在俄多年经营着自己的生意。

玛利亚在黑龙江师范大学俄语系学习了一两年，之后她就到俄罗斯跟父母团聚，一家人都在克拉斯诺亚尔斯克。后来，她独立创业，是名副其实的商界女强人。

和玛利亚熟了后，我们的谈话大多因当地华人的事务而起。她总是关注着华人在俄的生活状况、人员变动。她自己也乐在其中："为华人服务是我最大的追求。"

在俄罗斯，我常常碰上有着和玛利亚同样"追求"的华人。汶川地震后，俄政府曾邀请四百名灾区儿童来莫斯科进行一个月疗养。我的朋友阿良，符拉迪沃斯托克当地商界大佬，主动承揽了儿童们在俄期间衣食住行等全部费用。

在俄八年，我和当地华人相识相知。每个春节，我都在大使馆里和华人朋友们、留学生们一起度过。我们从中午开始包饺子、你方唱罢我登场的联欢，一直热闹到下午，刚好是北京时间的除夕夜。十几桌人济济一堂，欢声笑语驱散了身处异国的寂寞和思乡之情。

我愿继续握住记者的话筒与音乐同行

2016年，工作调动我回了祖国。回国后的报道过程中，我常常不自觉地挖掘国内和俄罗斯的相同和不同之处。

近八年的记者生涯，是我人生一段意外的开始。回望过去，我才发现，这份意外是美好的，它给了我新的知识和视野，发掘了我的潜力，让我从一个懵懂单纯的艺术追求者，逐渐蜕变成更自信、练达的社会人。

近期接到调动命令，我又要回俄罗斯了，继续我的驻俄记者生涯，返俄日期定在4月1日。这一次，将是长期驻守，而不再是暂时停留。

凤凰卫视台领导为了圆我的艺术梦，出资助我在俄继续攻读声乐副博士学位，工作之余，我还将重新开始在歌唱专业上的深造。

作为歌者，我站在镁光灯下为自己歌唱；作为记者，我站在摄像镜头前，讲述我的所见所闻。歌者和记者，这两个身份给我增加了很多特殊经历。

不管用哪种方式来表达，我都希望能继续吟唱，继续用我的声音，给观众和社会带来一些美好的感受和启迪。

比起女强人，
我更喜欢做跳脱女青年

—

采访时间：2018 年 3 月 10 日
姓名：艾琳（化名）
性别：女
年龄：36 岁

—

湖南株洲人，法学专业毕业后来上海工作，辗转数个行业，最终和前东家几度对簿公堂，胜诉后走向初创之路。

坐在我面前的艾琳，快人快语、精力充沛。我想，她能在职场上敢闯敢干，有如此丰富的经历，真是性格使然。

刚才还火辣直爽的她，在谈及家事时突然泪光盈盈，湘女多情的一面让人顿生怜惜。“女强人”之于她身上，的确是太单调了。

大学时代为我埋下了理性和自信的种子

我出生于一个公务员家庭，父母和近亲都在当地政法系统工作。从小，作为家族晚辈中的大姐，我是弟弟妹妹的带头人，大人的好帮手，是长辈眼中懂事的好孩子。

但我并不是一个规矩无趣的孩子。在学校里，我喜欢打篮球，幼小而不安分的心像跃动的篮球一般，我很享受在碰撞中争胜的过程。

由于父母不放心，我在离家很近的省城长沙读大学，专业是家里一致认定的法学——为了方便继承家传。

没想到大学里，我迎来了前二十年生命中最闪耀的时刻。

大二的一次期末考，主课老师心血来潮出了特别难的题目，从考场出来，大家叫苦不迭。我虽然记性好，知识点写得到位，但解题思路上还是心里没底，自我感觉分数不容乐观。

结果让所有人大吃一惊，我竟是全学院第一。在学生时代，成绩是最核心的指标。我一考成名，之后便成了老师和同学们眼中的“明星”学生。

紧接着，我在全省范围的专业联考中再次夺魁。弟弟顺路为我领了成绩单，他第一次用崇拜的眼光看着我说：“我姐真牛！考点的工作人员以为我是你，夸了我好几句呢！”

学业的辉煌，让我又喜又惊——这几次考试，我虽然认真复习了，但并不像天生学霸那样胸有成竹。可是结果竟比所有人都好！我开始琢磨：这是不是说明，我其实挺优秀呢？

此外，我还参加了校园歌手大赛，拿到了十佳歌手头衔；参加校运动会，短跑第一名，跳远第一名；凭借突出表现，获得十佳青年头衔。

大二这一年在我的人生中画上了浓墨重彩的一笔——各方面的突出表现，让我成为周围人眼中的“风云人物”，也让我成为一个自信大胆的人。

我开始喜欢发现自己的潜力，开始相信没有什么是我不敢面对的。

初闯大上海
我的职场之路顺流而上

到了毕业，我不想再留在父母身边继续稳重却乏味的生活，一次注定的缘分很快就把我引向了大上海。

找工作那会儿，高中同学到长沙求职借住在我宿舍。我无意中翻看她随手带来的《潇湘晨报》，发现了一则招聘广告：某台资木业公司，总部在上海，正在长沙开专场招聘会。

我心动了，决定去试试。面试官是一位面容和蔼的中年男人。出乎意料，他只问了我几个基本信息，就开始跟我拉家常：平时喜欢做什么？爱听什么音乐？

我稀里糊涂跟他聊了半个多小时，面试临近结束，他突然直截了当地问我：什么时候可以来上班？这是我第一次求职、第一次面试、第一次收到 offer，且当场接受。

这也是我与职场上第一个老板的初次见面，他是个台湾人。后来我才知道，他在创业初期曾得到过湖南人帮助，因此对湖南人留下了很好的印象。台湾人相信缘分，也相信人与人之间的气场，于是他决定到长沙招聘。

巧合的是，我竟与那位助他之人长相有七八分相似。老板后来说，当看到我走进面试室那一刻，他已决定录用我。原来，职场也需要一见如故的投缘。

在说服父母后，我去了上海，职位是总经理助理。老板对新人很重视，工作上亲自带领，直接指导我们做决断。我严谨和认真的工作态度得到老板的认可，他开始着力培养我。

在这家公司的三年里，我连升六级，身边的人都在爱护和夸奖着我。可我渐渐产生怀疑：这些夸奖，是我真的做得很好？还是，我其实是一只井底之蛙？我开始萌生了换个环境的想法。

收到我的辞职申请后，老板虽感到意外，但没有强留，如常给我办理了离职手续。同时，他为我提供了一个去向，邀请我出席一个多年好友的聚餐。他好友也是行业圈内人，此前我跟随老板出差时多次与他接触，也比较熟悉。

这次饭局上，这位好友提出希望我能成为他的助理，帮他一起拓展国内的销售业务。我这才知道，我的原东家为了开发国内销售市场，聘请他为中国区总经理。

与之共事，的确有让我心动的地方：他与老板业务不同，主管销售。并且他是一个情商极高的人，待人接物滴水不漏，在销售方面如鱼得水。我想可以从他身上学到新的东西。

然而，“回头草”却并不好吃。原老板的合伙人是一位比利时人，新成立的中国区销售业务归属于他。这位比利时人与我的领导常常理念不合，工作进行得不太顺利。

不到半年，领导心生退意而离职，而此刻的我，也不约而同地提出了离职。离职后领导自立门户，再次邀请我共事，做他助理。

我再次遇到了在原公司的困境——工作没有挑战，重复让我厌倦。这一行的工程项目有“开张吃三年”的特性，我们只要集中精力几个月拿下订单，后续工作交给执行部门即可。

百无聊赖，我只好去健身。站在镜子前，我看着自己意兴阑珊的脸，心里一阵恐慌：难道我要一直过这样的日子吗？

离开舒适温馨的工作环境，还有像家人一样的领导，从情感上我难以割舍。但理性告诉我，必须跨出这一步。

第三家公司是一家欧洲知名建材配件公司，我做了一年半的华东区销售经理。因为同样原因，我再次离职。然后，我遇到了十五年职场生涯中最重要的一家公司。

起伏跌宕的七年
看清老板真面目

2009 年 7 月，一家新兴服务行业的国内初创公司通过猎头约我面试。这家公司的老板，曾是知名 IT 集团高管，辞职创办了新行业国内第一家服务公司。

我加入时，公司刚刚成立不足两年，员工才 20 多人，创业元老中只有我没有类似的行业经验，刚开始工作，我就遇到了从未遭遇的挑战。

跟我以往经手的产品不同，公司销售的是看不见摸不着的服务——电器类的售后增值保障。在当时，国内市场大部分客户还未熟悉这种新的服务产品，我必须花大量时间精力进行客户“教育”。

同时，作为新公司，我们缺乏客户资源积累，而我以往积累的客户都不适用。拿到客户业务负责人的电话成了公司需要专人负责的工作。

入职后的前两个月里，我一天至少拨出几百个电话，经常打到烫手。我试图找到各种实体店铺和网络电商的售后服务负责人。当然，90% 的电话都被对方不耐烦地当骚扰电话挂掉了。

坚持到第三个月，终于有了转机：我跟国内最大网络电商的业务负责人取得了联系，对方对我们的产品很有兴趣，同意让我们上门进行产品宣讲。

而真正签下合同历经了十四个月。因为，对方内部人员变动非常频繁，每次我感觉沟通已到位，那边又换了生面孔，且内部影响决策的部门错综复杂。

经历了与六拨负责人，多个部门，共计 146 人的反复沟通后，我终于签下了公司历史上最大的订单，实现了新的辉煌。老板非常高兴，竟提出要火箭提拔我做公司副总裁，与两位创业元老平级。

重赏之下必有勇夫，公司对销售的重视可见一斑。但我始终觉得不妥，也担心其他同事感受不好。最后，我成为公司新成立的事业部总经理，全权负责与那家网络电商的合作项目运营。

老板对我青睐有加，后来公司对初创员工进行了股权激励，我与另外几位高管被授予了公司的原始股。

然而，我在公司的一片坦途，渐渐有了崎岖。而这一次的挫折，并不来源于工作。职场生涯中，我认理不认人的性格与老板产生了龃龉。

老板是一个智商极高、野心勃勃的人。作为老板，这样的特质让他在商场上纵横驰骋，但在公司内部，与这些特质紧密相连的，是他说一不二、极为强势的作风。

一次内部培训会，老板要求大家都认真听课，不能用电脑。我刚落座，突然，合作方的项目负责人联系我一个紧急的业务问题。我评估了一下，只需要 2 分钟解决，而即将开始的培训至少需要 3 小时。

为了服务好客户，我跟老板打了个招呼，告知客户在咨询问题，回答完马上关电脑。而他的反应出乎我意料，在会上当众大声斥责我不遵从他的命令。

我再次解释客户的紧急需求，没等我说完，他不由分说地打断了我："无论什么情况，尊重老板是最重要的！即使是紧急工作，也应该先顾及老板面子。比如先听命令关掉电脑，过一会儿后假装要上厕所，然后再出去完成工作。"

他的一番话让我感到匪夷所思。之后，这样的事情多次发生。对于工作争议，他首先不强调对错，总是反复强调要尊重他，因为他是老板。

而我绝不是一个习惯服从权威的人，无论是我所学的法学专业，还是我自身性格，为我树立的都是以理服人的信条。更重要的是，我认为高质量地完成工作比顾及表面功夫更重要。

因此，我和老板在工作上的摩擦越来越多。而在他看来，我和他的分歧不是来自业务，而是我翅膀硬了，在居功自傲。

他开始处心积虑地压制我，不顾上海事业部的客户需求，撤销了上海分公司，人员全部调往北京总部。接着，又把我从前端销售业务部门先后调到后端其他部门。

面对老板的为难，我心生去意。初创团队的其他成员也一直在劝我。大家都明白他的性格，但认为这只是工作作风问题。多年共事，大家对他的才能和公司前景，依然乐观。

当时我们万万没想到，很快就见识到了他的真面目。某日，公司的第二大客户集团高管率团队亲自到北京拜访我们。按惯例，这样难得的高级别会见，老板一定要出席。

可让大家惊诧的是，只有副总裁代表他进行了接待。而副总昨天还刚因病晕倒。副总裁为人温厚，解释说老板去了上海出差。可是当时上海并没客户，什么业务值得在这么重要的关头出差呢？

凭着女人的细腻和直觉，我觉得其中一定有隐情。我突然想到前两天，管理公章的行政助理也发了内部信说这几天休假，而关于老板和助理的风言风语流传已久。

我立即查询了这两人的航班信息，果然他们乘坐了同一班飞机去了大理，跟老板说出差的城市南辕北辙！

我不由得心寒，他竟如此公私不分，毫无责任感，平时高举着为公司鞠躬尽瘁的旗帜，背地里却为了个人享乐连重要工作都弃之不顾。

这两人坐的是头等舱，并不符合公司一直倡导的节俭出行制度。我将此情况告诉了公司其他几位高管，但当时，仅是当八卦和对其工作态度的不满。

而公司高管们多了个心眼，随即登录了内部系统，查阅了各部门差旅和行政支出费用，愕然发现老板所在的总裁办年度支出竟高达近 150 多万。总裁办仅老板一人，就算一年出一百次差，也花不了这样的巨款。

我们仔细核查了总裁办的支出明细，发现从 2013 年起，老板就签署了一系列支出汇款单据，其中金额最大的汇款对象是两家上海的某咨询公司，名目是为我们公司提供了咨询服务，每年金额数百万之多。

我们公司并没有外聘咨询公司，而且处在创业期的服务行业公司，也不可能为咨询服务花费上千万巨款。我通过律师朋友，查到了这两家咨询公司的注册登记信息，赫然发现股东中，竟有我们数位初创团队成员的亲属。

老板曾以避税方式的名义，向多个高管索要过亲属身份证但并未签署任何文件。原来，这才是他拿我们亲属身份证的真实用意。

追查到此，我们都感到不寒而栗——私吞公款，伪造他人签名，这已不是刚愎自用的工作作风问题，而是违法犯罪行为了！

一开始，我就想到了法律途径。可是，老板行为一旦曝光，定会对公司声誉产生重大影响。一边是多年心血，一边是合法权益。我们该何去何从？

摊牌、争执、付诸法律，商场不容好聚好散

经过艰难抉择，我们达成了一致意见，找他摊牌，希望劝他迷途知返，及时收手。我们也想到，经此风波，双方肯定不

适合再继续共事。

我们的诉求是，他立即终止对员工亲属身份信息的违法使用，同时，把我们持有的公司原始股按公允价值折算后我们退出，双方好聚好散。

然而，谈判结果并不理想。老板不仅不悔改，且矢口否认我们所说的违法行为。从他的价值观看来，我们的摊牌是对他的威胁，是一场阴谋，而我们对他和公司名誉的顾念则被他视若无睹。

他甚至冲我们大吼："你们休想扳倒我，别忘了，××，你老婆也在里面，我有事，她也逃不了干系！"

我们非常失望，尤其是团队中的几位元老心痛不已：与之相识数十年，并肩作战多年，没想到，原来的战友竟是这样毫无道德的阴狠之人！谈判不欢而散，老板却立刻开始了反扑。

第二天早上，老板召开了全公司中层以上员工大会，没通知我们7人参加。在会上，他声泪俱下地控诉我们无中生有、捏造材料对他进行人身攻击和威胁，目的只是敲诈，向公司索要巨额补偿。

面对这个爆炸性的消息，公司一时人心惶惶。这次会议后，我们和他的冲突正式公开。由于他吃不准我们究竟掌握了多少真凭实据，不敢贸然将我们开除出局，但他明确要求我们不用再去公司上班。

他还迅速找了律师，并安排亲信日夜兼程弥补他之前行为的漏洞，每天忙于销毁老文件，打印新文件，他办公室和财务室禁止任何人出入……

鉴于他的诡诈言行，我们对他再无信任，也争分夺秒地保留内部文件材料，并多方搜集他的违法行迹。

我的法学知识在关键时候派上了用场。多年学习让我保持了良好习惯，保留了所有工作记录和邮件往来，律师需要的很多证据都来源于我提供的资料。

同时，为了证明内部证据的合法性，我们甚至组成了三人取证小组：一个解说员，一个示范操作内部财务系统，一个录像。为了避开他，我们深夜到办公室录像取证。

至今回想起来，几个战友还常常感慨命运弄人，何曾想过有一天竟被迫做了准专业的私家侦探，而起因竟是为了举报自己的老板？

两周后，老板自觉漏洞已弥补到位，开始试探我们的反应。他先宣布开除我们7人中入职最晚的人——几乎百分之八十的时间都在各地出差的销售副总裁，开除理由一如既往的荒谬：

多次未签到，违反公司考勤制度。

这种卑劣行为，让我们更坚定地决心反击。很快，公司董事会收到了我们的举报信。

董事会成员除了老板，还有三位投资方代表。三位投资方反应迅速，立即分别找我们和他了解情况，并要求双方各自准备书面材料，向他们陈述事实细节。

在分别与老板和我们面谈后，投资方决定息事宁人，要求双方和谈。投资方说，只要我们不把事情外泄，会说服老板为我们进行亲属法律风险解除和股权折算退出。对投资方来说，保住公司声誉和正常经营，才是他们根本利益。

然而，老板拒绝按我们希望的方式和谈。在退出方案上，双方拉锯了半个多月，毫无进展。他和投资方反而开始在我们面前踢起了皮球。

事已至此，我们不得不面对现实，看来，只能正面迎战，而不是忍让退却。于是，我们 7 人正式将此事付诸法律。

老板收到法院传票后，立即气急败坏地告诉投资方，通过投资方来施压和威胁我们必须在两日内撤诉，否则后果自负，我们不为所动。

两日后，我们剩下的 6 人也收到律师发出的解除劳动合同通知书，理由一模一样“多次未签到，违反公司考勤制度”！

他这样的无理行为，为我们提供了新的违法证据。于是，我们又发起了对他的第二起反击，向人社局提起了劳动仲裁申请，申诉公司违反劳动法规定。

这一次仲裁，他毫无悬念地败诉。老板不甘心，发起对仲裁结果不服的诉讼，同时发起名誉权诉讼，诉我们“散布关于他的不实信息至公司客户群体，影响他的职场声誉”。

从多个途径，我们还知道了他对我们“敲诈”“工作不力被开除，打击报复”等各种抹黑和控诉，我们已经不能用愤怒来概括所有的情绪。

没想到，作为法学毕业生，我的第一次出庭，竟是以被告代表身份，回应他的起诉。在法庭上，我和委托律师慷慨陈词，出示了详尽周密的证据材料。整整两大行李箱的证据材料，全天庭审，律师笑称是打超级大案的感觉。

三类官司共计九场庭审，历时一年，最终以我们全部胜诉而定案。拿到判决书那一刻，我们如释重负，百感交集。这场商战比过去任何业绩突击战更让人心力交瘁。

目睹一个原本信任、追随的领路人蜕变成眼前这个为了权势不择手段的陌生人，再痛下狠心把他打倒，这对我们所有人，都像生了场大病。

对我个人而言，这次前所未有的商战，让我对自己的潜力得到了更深的认识：我的法学专业知识、缜密细腻的性格竟能在这场意外的战争中相互助力，得到最好发挥。

离开公司后，我们几个患难战友开始创业，组建了公司，继续在行业耕耘。

欣慰的是，在公司慢慢壮大过程中，原公司的多名老同事出于对我们的信任和对他的失望，主动联系加入了我们。在大家支持下，我们在一年内实现了从前在原公司四年才达到的业绩。

工作不是人生全部
调试生活不当女强人

从 2003 年闯荡职场至今，我走过了 4 家公司，最后成为第 5 家公司的开创者。十五年来，顺风顺水过，起伏跌宕过，我把绝大部分的时间都给了工作。工作也赋予了我很多成就和满足感，我在过程里快速成长。

但回想起来，我曾面对的最大挑战和挫折，却并不来源于工作，而是工作和家庭的平衡。

2012 年，我正在销售市场上披荆斩棘的紧张时刻，突然接到了父亲病重的噩耗。因不是大病，且父母一直让我以工作为重，所以父亲总对自己的病情轻描淡写，要我安心工作。

我沉迷工作，分身乏术，大半年时间里，只抽出三次机会回家陪在父亲病床前。当时我没想到，子欲养而亲不待这句话，很快砸在了我身上。

一天深夜，我刚落地广州，就接到了妈妈急电——爸爸病危。我马上买了最早的高铁赶回长沙，而我只来得及守在父亲身边半天，就眼睁睁看着他永远地离开了。

幸好有这半天回忆，让我没有酿成最终的遗憾。但父亲的早逝，像一声警钟，在我心中轰鸣：为什么在此之前，我没有节约出更多的半天，陪伴在家人身边？工作，真的值得我付出全部时间吗？

没等我缓过神来，半年后，上天再次给了我一记痛击。一次体检结果显示，我一年前发现的微小卵巢囊肿，已迅速膨胀到 9 厘米。

当医生知晓我从事销售工作后，意味深长地叹了口气，要求我尽快住院手术切除，并判断是否是恶性肿瘤。在那个晴朗秋日的午后，我像木头人一样走出医院。

“这种病症大部分都是由于生活不规律导致的内分泌失调，作为女人啊，工作压力不要太大了！”医生的话在我脑海里回荡。

庆幸的是，老天没打算给我最后的惩罚，我没有告诉家人要手术，从小到大经常运动培养的身体素质也帮我自救，手术过程很顺利，结果有惊无险。

但我知道，这不是我可以侥幸看待的小事。先是家人，又是自己。出院后，我决心调整自己，缓和心态，尽人事听天命，不再为了工作夜不能寐惩罚自己。

虽然正在创业，我也希望生活能尽量张弛有度。我为自己树立了新的生活目标：在不影响别人的情况下，实现快乐、轻松。

我不喜欢被称为女强人。在我看来，这个称呼，隐含了太多刻板和坚硬，而我想要饱满、多面的人生，像水一样，既有穿石裂谷的力量，也有润化坚土的柔和。

所以，我最喜欢的一句对我的评价是：“跟你在一起相处很舒服。”来自我的一位舞伴。是的，如果不是在工作场合认识我，只看我的朋友圈日常，你将认识的是一个爱跳热舞，喜欢出入酒吧的跳脱女青年。

舞蹈的柔软让我放松，酒吧的随意氛围让我自在。生命可贵，愿我们都能争分夺秒地感受美好。

摇滚乐手、警察、律师之后，下一个身份是什么？

—

采访时间：2019 年 2 月 18 日
姓名：S
性别：男
年龄：36 岁

—

生长于南昌的上海人，人生角色与故乡一样难以界定。

S告诉我，他读的第一部小说——美国作家塞林格的《麦田里的守望者》，对他影响深远。霍尔顿，一个懵懂少年，迷茫于学校生活的意义，被开除之后日夜四处游荡，试图在与各种大人和同龄人的回忆和联系中找寻生活的意义，以及属于自己的归处。

“看到霍尔顿，自己当时的茫然也得到了一些缓解。”S如此总结这本书对他的影响。

于我心有戚戚焉。

“最好不要有人看到我”

加缪在经典著作《局外人》（也译作《异乡人》）里刻画了一个怪人：主角莫尔索。他不想做社会规则的局外人，在日常举动上，时时考虑自己尽量不引起周围人的不适：“不显得异类”。

童年时候的我，也是这样一个类似的孩子。现在回想起来，原因跟莫尔索差不多——“人生如寄”。人生的前十五年，我一直像一个异乡人，寄居在一个我没有产生归属感的地方。

我出生在南昌，父亲是上海知青，母亲也只能算半个南昌人——外公是来自北方的南下干部。

小时候，每隔两三年的假期，父亲会带我回上海探亲。那些低檐窄巷中的吴侬软语，对我来说跟南昌话一样陌生。也许关于自我的困惑就是从那些双城切换的点滴当中在我心里开始生发：我是谁？我到底属于哪里？

既然不是南昌人，在他乡“作客”的时候，自然不能像在自家一样无拘无束、任性胡为——这也许是我对当年内向性格进行后知后觉的推断，否则实难解释，如今貌似外向的我，当初并没有父母的严加约束，为什么天生就内向、听话？

内向到何等程度呢？一般男孩喜欢的刀枪棍棒，我全无兴趣，小时候最大爱好是一个人用毛绒玩具玩过家家。虽然在同院子里有三两玩伴，但比起跟现实中人打交道，我更喜欢用那些毛茸茸的兔子、熊之类的玩偶，为自己创造一个想象中的世界。

小学时，某次老师安排我做小组长，对孩子来说这通常是一个不小的荣耀——被授予了对同龄人的部分领导权。可是，让老师诧异的是，我拒绝了：“老师，我能不能不做小组长呢？”

老师无语了几秒钟：“……你就不想为同学们服务吗？”他试图从奉献的角度来解读这个“职务”以便让我接受。

于是我不情愿地接受了——虽然我从不认为自己具有领导别人的能力，但是，既然群体要求我服务，那就不能太不合规矩，那样会太格格不入。

童年时代，我最讨厌的就是格格不入。我最大的期望是，最好不要有人注意到我，让我一个人静静地待着。

事与愿违的是，我不得不经历了两次转学。

小学二年级转学第一天，那种被所有眼睛齐刷刷注视的芒刺在背感觉，具象化为邻座女生不友好的白眼画面，让我印象深刻。

高一暑假从南昌正式转学到上海的时候，我曾经在开学前认真给自己做了一番心理建设：这里没有人认识我，我得抓住这个机会，改变一下一直以来内向不合群的形象，重新开始。但结果却是，我仍然下意识地拒绝了同学们主动的各种邀请，整个高中，我得到的评价还是——一个怪人。

而且，同学们很快就发现了我与“怪人”这个形象颇为符合的另一面——我是一个弹吉他的。

摇滚乐手

我跟摇滚乐的不解之缘开始于1996年的元宵节。我和某初中同学去南昌市人民公园看灯展。路过公园对面的音像店时，店门口一个毫不起眼的纸箱让我停下了脚步。纸箱里横七竖八排满了花花绿绿的磁带。

在尚未进入网络时代的20世纪90年代，音乐和影视都是有形的真实可触摸的精神“食粮”。那时候我能听到的音乐除了英语听力磁带里的间奏，就是大人们爱听的主旋律歌曲或者港台情歌。

然而，眼前这些磁带我见所未见闻所未闻，虽然有些的包装已经破损陈旧了，可是磁带盒上那些花体英文和看起来很奇怪的封面，都透露出它们来自一个奇异的世界，不属于我所在的这个时空。

好奇心驱使我立即掏钱买了两盘这样的磁带，刚好，那两盘磁带是The Beatles乐队作品的精选集。这支在60年代就已经风靡全球的乐队，穿过数千里和数十年的时空，终于进入了13岁时的我的人生，从此为我打开了一扇新世界的大门。

跟The Beatles磁带一起被我带回家的，还有一本当时国内颇为先锋的摇滚音乐有声杂志《音乐天堂》，每期杂志附赠一盘磁带，里面入选的歌曲都是当期杂志中重点介绍和推荐的作品。

我终于找到了代替用玩偶过家家的爱好，自此开始了进入了淘打口磁带的生活。到上大学时，我收集的磁带已经达到七八百盒。我会倍加珍惜地给它们换新的磁带盒，把磁带内页复印出来贴在卧室墙上，把乐手的脸换成自己的照片——这是我新的角色扮演游戏，也是我的新世界。

初三时，我拿起了父亲放在家里积灰的一把吉他，开始自己摸索着弹，第一次试图翻弹的歌，是 The Beatles 的 *Norwagian Wood*。现在想来，我当时的弹奏当然十分笨拙和粗糙，但是，我沉迷其中，感觉其乐无穷。

15 岁，我从南昌转学来到上海某重点高中，正好赶上学校组织整个年级带着铺盖到某农场体验三天农村生活。

在那个陌生的新环境里，我跟一群还来不及认识的陌生人一起困在一点也不宁谧的上海乡下，新学期就这样在焦灼和茫然中开始了。

转学时，我当然还带着吉他。寝室 7 个室友里面有 3 个都被我的吉他吸引了，于是我们四人一起切磋琴艺，一起参加了学校的吉他社，成立了一支小乐队。

高二下学期的元旦，我们的乐队得到了在学校元旦文艺会演上表演的机会。

我们兴奋地讨论了演出曲目，虽然仅能选择一首，但这可是我们的初次登台亮相！最后，我们选定的是 Nirvana 乐队不插电专辑里的 *The Man Who Sold The World*。荒诞自省的歌词加上落寞的吉他 solo，跟元旦节庆的氛围十分格格不入，但这种格格不入不正好够摇滚、够酷吗？

音乐老师允许我们借用学校音乐教室作为排练房，还能无偿使用一把作为学校资产的杂牌电吉他！但交换条件是必须同时也要演出一首他自己创作的歌曲。对于当时我们这些只见过木吉他的高中生来说，能玩电吉他是一件多么激动人心的事啊。

演出那天，我穿着运动裤和宽大的校服，裤腰还拉得很高，就用这副非常不摇滚的学生装扮，背着电吉他，完成了我平生第一次演出。

我真正的摇滚乐手生涯，是在高三毕业的暑假开始的。

高三下学期，我参加了上海某大学的保送考试，在大学专业列表中，当时的我唯一感兴趣的专业就是广播电视制作，可是保送限定了专业只能是法学。不过我也无所谓了，只要能逃掉高考，无所谓什么专业。

确定保送大学以后，高三最后三个月我是在弹琴听歌和各种闲逛瞎玩中度过的。某次逛到未来大学校园附近的琴行，正巧遇到一个弹电吉他的年轻人，在闷头练着 David Bowie 的 *Ziggy Stardust*。

我也一时兴起，秀了一番自己的琴艺。结果，对方当即邀请我加入他们刚成立的乐队做节奏吉他手。

何乐而不为?

2001 年，我们的乐队成立了。这年我 18 岁，终于加入了一支真正意义上的摇滚乐队。

乐队成员除了我这个准大学生之外，都是大学高年级的在读学生，大家其实都是抱着对音乐的爱好，以翻弹经典摇滚歌曲为主，尤其是当时上海年轻人中最受欢迎的英伦摇滚乐。Oasis、Blur、Suede 等乐队的歌曲都是我们常常演出的曲目。因为某些原因，我在第二年退出了乐队。很快，还是在我的幸运之地——校园附近的那家琴行，我遇到了第二支乐队的吉他手，他们乐队正在寻找合适的贝斯手。在此之前，我为了提高作为乐手的竞争力，已经自学了贝斯，而且凭着不错的节奏感，很快上手熟练。

于是，2002 年，我加入了第二支乐队。乐队成员的水平都很高，还有刚从国外音乐学院毕业的专业人士，大家都很认真热忱地琢磨着发展原创曲目。我很高兴，找到了一个充满专业氛围和热情的组织。

我们花 800 块的月租租了一小间地下室，每天在不见天日的房间里排练。我们还找到了在新天地某酒吧做驻场演出的机会。我的整个大学生涯，在疯狂排练、演出中飞速奔向尾声。

那时候的我，无心学业，也没空考虑前途，演出能挣一些钱，我觉得，就这样做一个酷酷的摇滚乐手也不错。

然而，乐队其他成员有不同的想法。他们开始计划密集地做出原创作品，联系唱片公司，准备成为签约乐队，正式踏入音乐行业。

我有点茫然，我没有强烈地要做原创作品的冲动——那些伟大的乐队已经把我的所思所想表达得淋漓尽致无与伦比，有他们珠玉在前，我没有欲望再用自己的嘴巴、自己的琴去说什么新的乐句。但是，做职业乐手怎么能对原创不感兴趣呢？

我这才发现，原来，跟摇滚乐相处的过程带给我的乐趣远大于达成什么具体的成果。对我来说，摇滚乐是一辆很酷的跑车，我坐上它，看到了另一个世界，我的孤独和热情都得到了缓解。但是，对我来说坐这辆车并没有目的地。

也许，是到了理性面对现实的时候了。这时，不靠谱文艺青年退居二线，我骨子里务实的那部分开始全面接管生活。我跟父母商量了一下毕业后的出路，锁定了三个选择：

其一，继续学业，考法学研究生，对我来说是逃避现实继续玩的最佳选择；

其二，考公务员，2004 年左右的上海市公务员工资标准很高，比很多大国企甚至外企还高，从物质上来说颇有吸引力；

其三，去律师事务所工作，以本科毕业学历暂时不能做律师，只能一边做律师助理一边考律师资格证，在成为律师之前，只能拿着 1500 块的固定月薪。

我三条路并进，结果是最希望走的第一条路失败，还好，欲乎上者得乎中，我考上了上海市公安局的警员岗位。

父母很满意我走上公职路线。对我来说，做叛逆摇滚青年也好，做光荣的警察也好，反正先把现实生活给安顿下来，走一步算一步吧。

警察生活

2004 年下半年，我的警察生涯正式开始。首先面对的就是在警校的半年封闭式培训——组织需要把我们这些没有经过严格身心训导的散漫青年迅速模制成合格的人民群众保护者。

培训的生活其实也挺好玩的，虽然像军训一样有很多严格的规矩约束，但我从练射击、擒拿中也能得到很多乐趣。

培训结束正式踏入岗位的第二天，我就经历了人生第一次抓捕行动。为了调查某起地下钱庄案件，我和同事们一车人，在嫌疑人家楼下从天黑一直守到凌晨四五点，靠一支接一支烟提神醒脑，终于等到万籁俱寂，估计着嫌疑人已经在家，于是悄悄摸到门口。

同事们都严阵以待摆好队形，师傅教我这个新兵负责假扮楼下邻居，声称天花板漏水，骗其开门。等我敲了门，门里传来一声“谁呀!”我却突然紧张得大脑宕机，张口结舌，背好的台词一句都说不出来。

还好，门依然开了，同事们一拥而上把嫌疑人摁倒在地，我们在现场搜出了成堆的花花绿绿的外币，数额上千万之巨，抓捕成功多少抵消了我的窘迫。

还有很多次，为了在抓到第一名嫌疑人之后迅速抓到同案犯以免其闻风而逃，我们得不眠不休跟时间赛跑。最煎熬的一次，我三天三夜没有合眼。

不过，抓到嫌疑人只是办案的第一步，随后的取证过程往往才是最耗时费力的，而且，我也的确遇到了像影视剧演的那样的高智商罪犯。那起让我印象深刻的案件是一起网络交易诈骗案。

报案人是一个西班牙商人，远渡重洋来到上海，专程为了报案——他在某灯具销售网站上支付了一万美金订金要购买一批灯具，收到订金后的卖家却消失了。

我们后来调查发现，作案人一共骗取了数百万元人民币，他原本怀着侥幸心理，认为每个订单不足十万元的订金不足以让国外买家费时费力往中国报案。如果不是碰上那个执着和较真的西班牙人，正义恐怕还没那么快得到伸张。

那么，作案人是谁？

这可难了我们三个月：查不到网站 IP 地址——嫌疑人早有准备，用的是代理服务器；收款账户人在 ATM 机取款时遮住了头脸，看不清面部特征；银行账户户名是一个明显不具备高科技犯罪能力的发廊妹，看起来是身份信息被盗后开户。

这起案件的侦查过程，颇有些好莱坞经典电影《猫鼠游戏》的影子——嫌疑人诡计多端，证据链迟迟不能形成。但是，越刁钻越难的案子，办起来越刺激越让人欲罢不能。

最后，我们终于在技术部门的协助下，查到了网站实控人——某重点高校计算机系毕业生，并锁定了嫌疑人的住址。我们破门而入的时候，他完全没有料到会这么快案发，面如死灰，当场招供了犯罪事实。

然而，被拘留之后，恢复神志的嫌疑人却完全翻供，坚决声称自己没有任何违法行为。审讯的过程又是一场心理攻坚战，这类审讯通常是老辣的资深办案专家上场。

像我这样看起来就书生气十足的警察，队里根据我的特色，一般分配给我的“角色”都是假扮秘书潜入公司收集证据，或者举止斯文地对公司职员、财务等专业人士循循善诱，让他们放松警惕。

但是，担任一线侦查警员的三年多时间，彻底改变了我二十多年来内向、孤僻的性格，我变成了一个能迅速自来熟的人。更有意思的是，每一次侦查过程都需要对一个行业迅速、深入、全面地解读和分析，才能从纷繁复杂的信息和数据中抽丝剥茧，厘清犯罪事实及证据。这个过程相当于高强度的行业特训班，让我得以高效地了解了很多社会行业，积累了凭一己之力无法获得的大量社会经验。

不过，我的家人一点也不享受做警察家属的感觉——从来没有节假日，经常几天几夜看不到我。我想起了当初没有走的第三条路——做律师。律师的职业模式是接单干活，接单自由，时间自由，很适合我。

于是，我开始利用下班时间准备考研。2008 年，我考上了在职研究生，并申请调到了非一线部门，正式告别了风餐露宿的刑警生涯，终于过上了朝九晚五的生活。

学习者

读研究生的三年里，我越发感到自己法学专业上的欠缺。2011 年硕士毕业的时候，我考上了某大学法学院博士研究生。读博需要更多时间和精力的投入，于是我脱下了警服，告别了工作七年的警察岗位，跟人生中这段时光正式告别了。

经过一番努力，2013 年 4 月，我以在读博士生的身份，获得了去国外某大学交换一年的宝贵名额，那时候我们家的第二个女儿已经出生，筹备拖家带口去美国生活的衣食住行，又是一个让人身心俱疲的大工程。

在美国的一年是我大开眼界的一年。专业上的学习和提高暂且不提，我最爱的摇滚乐也不能错过，我开着车穿州过府看了六场摇滚演出，亲身耳闻目睹了珍藏的磁带上那些传奇乐队的现场。

回顾一下过去三十多年走过的路，我发现，不管是小时候与毛绒玩具进行角色扮演、沉迷摇滚乐中的表达，还是成年以后做乐手、做警察，都是在用思考、旁观或亲身探究等不同方式寻找一个问题的答案：我到底是什么样的存在？我和这个世界之间究竟又是什么关系？

我目前担任某家知名律师事务所的高级合伙人，在世俗标准中，这是一个听起来有点“成功人士”光环的职业。但是我觉得律师也只是我人生中某个阶段的角色，我不喜欢考虑太久远的规划——人生很难规划，一不小心就翻篇儿了，也很难界定什么算是成功的人生。

最近，我又有了新的探索渠道——考古。看到考古现场的土坑的第一眼，我就无可救药地“入坑”了。没有任何学科能像考古学那样，以百万年尺度下的地球视角观察人类。虽然考古学家只能通过古代人类遗留下来的物质遗存窥探其行为和思想，但却能勾勒出从我们尚未成为人类直到现在的人类全景图。对我来说，这是超越了当下时空的、全新的、更广大的尺度。

汲取新知识，探究答案的过程总是让我感到无尽的愉悦。对我来说，最大的乐趣莫过于此，我对自己最满意的角色，就是继续做一个这样的学习者。

离开省会，回归田园，他的生活是否是你所向往的那一种？

—

采访时间：2019 年 10 月 11 日

姓名：郑乐乐

性别：男

年龄：40 岁

—

河南人，曾从事地产策划工作，奔波十多年后，五年前从郑州搬迁到云南边陲小镇和顺，孩子老人都随迁上学、养老，一家三代准备在古镇度过未来时光。

“不管是在城市，还是在乡村，人总要找到自己快乐的来源。找到了，过好自己就好。”这是郑乐乐的人生信条，跟他聊天三个小时，让我感觉自己仿佛也已经过上了悠然见南山的田园生活。

田园背后，其实也有很多负重和辛苦，能有良辰美景在眼前、黄发垂髫怡然自乐，为之所放弃和承担的东西也许都显得不那么重要了吧。

一份发自内心的关爱
让我走出乡野

20世纪80年代的开头，我出生在中原河南的某个农村，父母都是以务农为生的普通人。我的童年虽然在农村度过，但是跟很多80后的童年一样，有着简单质朴的快乐。小学四年级的时候，父母为了生计外出打工，我和妹妹就成为留守儿童，跟着奶奶生活。

在那个电脑和手机都还算奢侈品的年代，学校里的生活除了学习、看看闲书，也没有别的了。我的性格一直都偏沉默内向，接触的新鲜事物不多，没有父母在身边提点，当时的我对学习和人生规划懵懵懂懂，直到高一的时候，遇到了一位对我影响至深的老师。

如今回想起来，也许就是这位老师在我十几岁时播下了一颗种子，让我在二十年后重新回归精神上的需要，呵护那份感动和美好。

这位 A 老师是我的语文老师兼班主任，出于班主任的工作职责，也因为她天然的对孩子的爱，她知道了我是留守儿童，独自住校，对我特别关心，常常嘘寒问暖。不仅如此，她还把我当作独立自强的典型，在全班同学面前对我赞不绝口；此外还发掘我的学习优点，表扬我写的作文可圈可点。

对当时精神和生活上都无所依傍的我而言，学校老师是学生眼中神一样的存在，得到老师的公开褒奖，无异于得到了全世界的肯定。我备受鼓舞，开始奋发读书，很快就在班上成绩名列前茅。为了继续感受 A 老师的关爱，我听说她要去教理科班，还在分科时不顾自己对文科更有把握，选择了理科。

没想到，A 老师竟然被安排去带毕业班了。我如遭雷击，垂头丧气，好几天都回不过神来。祸不单行的是，我在理科班遇到的班主任，跟 A 老师大相径庭，严重打击了我的学习热情。

十几岁的孩子，精神需求远比物质需求更迫切，没有了热情就没有了主心骨。我无心向学，开始随波逐流，高考成绩如意料之中的没考好。我没动力复读，父母也没有主意，任我在高中毕业后到处晃荡了半年。人生中第一个重要的关口，眼看就要在懵懂无知的我的手中白白错过。

这时，是A老师挽救了我。她从别的同学口中听说了我的状况，到处托人联系上我，劝我回学校复读。晃荡的日子里，其实我也很迷茫，难道我就要这样在农村做一个闲人度过一辈子了吗？

老师给了我一根救命稻草，我回到了课桌前，跟着A老师补习。虽然只剩半年，但是为了不辜负老师的好意，也为了自己的未来，我拼尽全力苦读。终于在第二年高考时考上了重庆大学。

A老师非常高兴。但是，也许她自己也没有意识到的是，她不仅仅改变了一个学生的人生方向，也让我深深感受到，精神上的鼓舞和满足，能让人迸发出如此蓬勃的力量；发自内心的关爱，能带给人无与伦比的幸福感。

城市奔波 13 年
做地产成了谋生技

从重庆大学毕业后，我不愿意进土木工程系对口的体制内单位，不想压抑自己，做一个庞大机器上的小螺丝钉。机缘巧合之下，我进入了毕业后第一家公司——华邦顾问。这是一家总部在天津的地产营销策划顾问公司，当时正在为他们的主要客户天津顺驰做全国各个项目的营销策划支持。

顺驰这个名字，如今的地产新人可能很陌生，但是在世纪之初，由孙宏斌率领的这个新兴地产企业，在业内乃至全国都赫赫有名。

在华邦顾问为顺驰做项目营销方案的工作中，我刚好遇到了顺驰在全国快速扩张的时期，常常跟着老板跑顺驰全国各地的项目进行考察、做方案，对地产行业的理解也在那时候迅速建立起来。

尤为可贵的是，华邦顾问的老板是我的良师益友，南开大学毕业的他思维缜密深邃，对住宅产品的理解既深刻又独到，同时，又能超出营销文案本身，把复杂问题简单化，直指项目投资回报的核心问题。老板的学识和工作风范，也深深地影响了我。回顾起来，在创业后自己操盘的过程中，从他身上学到的点点滴滴，还时时在我脑中闪光。

在华邦顾问工作了三年多之后，我遇到了工作和生活的取舍问题。之前我长年在全国出差，坐绿皮火车的时间都是奢侈的补觉机会，在郑州的时间寥寥可数。但是，马上要结婚了，总要为了家庭安定下来。

于是，在朋友引荐下，我换了第二家公司河南精顺，这是一家从长三角进入河南不久的地产销售代理公司，主要项目都在河南省内，对我来说，出差范围缩小了很多。

我刚入职，就替公司成功竞标了一个项目，受到认可，于是被委托组建郑州分公司。第二年，我成为郑州分公司的三个股东之一，负责公司各项目的销售策略支持。

在精顺公司的工作很顺利。公司认可我的专业水平，成了股东之后，我与公司的发展方向也紧紧捆绑在一起了。如果不是 2013 年那一次特殊的际遇，也许现在的我仍然在精顺公司工作，继续做着地产项目的销售策划，也完全预料不到，自己会离开城市回到农村。

不过，人生的每一段经历都不会浪费，十多年的地产从业经历，在不久之后也继续支持着我新的生活。

一见和顺定终生
回归心灵所属的自然

2013 年 11 月，我只身一人来到了云南腾冲和顺古镇。

初次与和顺相见，我是因为朋友的推荐，原本抱着一个旅游爱好者到一个没去过的古镇随便看看的心态——全国古镇何其多。

没想到，一见和顺定终生。

从雾霾蔽日的郑州，乍见碧空如洗的和顺，我感到了震撼：记忆中从来没有过如此澄澈的蓝天、圣洁的白云，它们在一瞬间征服了我的眼睛，而纯净的空气在呼吸之间征服了我的身心。

我在古镇里走着，镇子口长满苔藓的虹桥诉说着时光的沧桑，庄严的牌坊书写着文化古韵，野鸭湖的湖水平静无澜映照着蓝天白云，一个个青石巷子铺排着户户院落。

放眼望去，镇子外无垠的稻田间杂着藕田，绵延到山脚下，白鹭在田头踱步，偶尔振翅在天空划出一条白色弧线。“漠漠水田飞白鹭，阴阴夏木啭黄鹂”，王维的这首诗就这样铺在眼前。

村民们来往田地和镇子里的家，日出而作，日落而息。早晚时间，有人在桥下洗菜洗衣，小广场上，老人小孩休息、玩耍。有时，我偶遇手持鱼竿的钓叟，在荷塘雨亭下钓鱼。相逢一笑，满是心安。

就这样，和顺迅速地在我心里扎下了根。这感觉，很踏实、很笃定——这里的生活正如古镇的名字一样，和顺、安宁。

第二天，在古镇上闲逛的时候，我看到了一间挂着待租木牌的两层木楼，没有任何犹豫，我就联系了房东，谈好了租约。这栋木楼，就是我后来创立的“想住”品牌旗下的第一家民宿悦己。

当时我并没有预料到未来自己会长居于此，把度假变成生活。我只是觉得，先在这个美好的地方定下一个居所，以后就可以带着家人，不时过来休憩身心。

第一次在和顺的日子，我用完了 4 天假期，才恋恋不舍而去。

回到郑州之后，我仍然记挂着和顺的那座木楼，于是请了相熟的设计师，第二年春节后就开始装修。妻子很支持我，只身到和顺监督装修。

2014 年 8 月，我们的木楼终于变成了一个小小的客栈，虽然质朴，但是不失和顺韵味，我想，正如在和顺的生活一样，让自己喜悦、有幸福感就好。这座小客栈，就叫“悦己”吧。

我从洛阳请了一位朋友过去做客栈管家，在本地也招了一个保洁员兼客房管理。客栈就静静地开张了。

然而，开业不久，我就遇到了问题。管家自己也是旅游爱好者兼文艺青年，处事随性，时不时就在腾冲各处的美景中流连忘返，有时候客人离店付钱的时候，却找不到收银的人。而且，由于只有这一家店 7 个房间，规模太小导致收入不高，我没有办法配置更多的服务人员保证更完善的服务，于是住客的体验也就很一般。

是就这样顺其自然下去，还是亲身投入客栈的营业管理中去，把我们在和顺的小家打理好？这不只是一个客栈的问题，而是搬家、换一种生活的问题。

我又面临了一个关口。

这时，我的女儿已经在郑州读幼儿园大班了，第二年 9 月就要上小学。上天很仁慈地给了我考虑的时间。如果孩子上了小学，正式进入学科教育阶段，要搬家转学就更折腾了。

我很纠结。

郑州、和顺，如果从地方性质上比较，一个是中原省会城市，一个是边陲小村镇。我是农村孩子，从小到大，身边人们的希望，就是要离开面朝黄土背朝天的农村，成为城里人。

我好不容易从农村走到大城市安了家，难道现在又要回到农村，让我的孩子重新成为农村人吗?

我跟一个好友探讨这个疑问，他意味深长地说："如果你还纠结这个问题，说明你还没想明白。"

这句话一瞬间击中了我。

是啊，生活到底是为了什么？我想明白了吗？我担忧的孩子长在农村的问题，实际上，现在已经不是三十年前我在童年的时代了，科技让世界变得越来越小，就算长在农村，有适宜的家庭条件，她再次回到城市，也不是那么困难的事情。

而身体健康，生活平和美好，精神上幸福安心，不才是生活的根本目标吗？受教育、拼搏，最后还是为了达到这个目标。

不如，我们一家人现在就回归生活的本质。

想清楚了之后，我跟父母妻子说了我的决定。饱受雾霾折磨的父母也很支持我的决定。搬家的事，就这么定下来了。

我想，我做的这个选择，也许要十年、二十年，才能证明是对是错。但是，人生的美好，等到十年、二十年之后，也许已经没有当下的心境和身体去享受了。我愿意等待十年、二十年去验证这个选择。

就想住在这里
用心安一个家

2015 年 8 月，我们全家的 20 多件行李交给了快递。从郑州到和顺古镇 2800 公里的路程，我开着车，一家人走走停停，在五天后到达了我们的新家。

父母和孩子看到和顺之后的反应把我的担忧一扫而光。女儿很兴奋地跟镇上的孩子们一起去玩耍了。

父母对这里的美景连连点头，从黄土中来，如今又回归乡土，对他们来说格外亲切。父亲还很惊喜地发现，原本在郑州每天早晨喉咙不舒服，常常忍不住咳嗽半小时，到了和顺之后，一个星期就再也没有这种症状。

亲自接手“悦己”客栈的管理之后，刚好隔壁正在经营的一家口碑较好的民宿酒店有意转让，我迅速接手，跟“悦己”打通了院子，扩大了经营规模。两家民宿统一为“幸福里”品牌，一共有 19 间客房。在和顺当地，我们属于中档定位的精品民宿，积累了一定的客源。

但是，既然正式搬到了和顺，以此为家，以民宿为生，我必须考虑长期的发展。目前两家店的硬件条件提升空间有限，提供的服务体验也很有限，我得寻觅新的店铺。

2015 年下半年，我很快又在古镇上看中了一栋比较少见的水泥结构的小楼，比木楼在隔音和配套设施建造方面更有优势。我把这里打造成了“茶与舍”，作为民宿的配套建筑，里面囊括了 140 平方米的茶饮空间、棋牌室、影音室等，2016 年国庆正式开放给“幸福里”的客人们。

扩张的脚步一旦开始就停不下来了。“茶与舍”开业的同一时期，我在和顺古镇核心的位置租下了 700 平方米的农家院落，通过拆改、重新做基建，投资了好几百万，耗费了一年的精力。

终于，2018 年春节，我们的旗舰店“七号院”开业了！在“七号院”中我倾注了很多心血，客房的布草、洁具、洗漱用品等都按照至少城市四星级酒店的标准去打造，还配备了很多五星级酒店都不具备的网红戴森吹风机。我希望住客在这里能像我自己旅游时那样感受到精致而舒适的旅行体验，感受到这是旅行中的一个家。

同时，我也拿到了“想住”品牌的商标注册证书。“想住”这个名字，是我结合从前给地产项目做策划的经验，自己想出来的。我想，现在的旅行者跟我们80后早期那一代不同了，不再看重品牌、名气、奢华等大众性的标签，他们更在意是否符合自己的个性选择，“想住”就住。

在地产行业工作时，我早已习惯一个项目接着一个项目，快速扩张、四处开花。但是，那时候做什么产品，往往不由自己做主。如今在和顺，为了家庭和事业做度假住宿产品，我拿出了比工作时更拼命的劲头，更用心的方式，琢磨做出来和顺的人需要的产品。

考虑到四家店的房屋都是租赁而来，不是自有资产，租约到期后怎么办？我跟几个朋友商量之后，合资创业，寻觅合适的自有物业。

正好，腾冲界头镇政府贯彻中央号召进行“全域旅游”开发，把镇上风光秀美的非农业用地都整理出来进行招商引资。2017年初，我们看中了其中近300亩的散落在田间地头的土地，2018 年底走完了正式的拍地手续。土地平整、基础设施建设、装修……一切都在紧锣密鼓地进行，预计明年春节，这个新项目就可以正式对外开放。

界头很美，物产丰饶，自古以来就是腾冲的粮仓。也因为就在腾冲地标高黎贡山脚下，被称为“高黎贡山下的伊甸园”。2015 年还被《国家地理杂志》评为“云南最美的地方”。高黎贡山、十五万亩花海，是知名的旅行目的地。

这一次，我们亲自建造、装修的这个酒店，就在花海之中。绚烂的景致，让见者忘俗，与陶渊明“采菊东篱下，悠然见南山”的境界不谋而合。于是，这个项目就叫“花田篱下”了。

考虑到“花田篱下”所处的氛围和自有物业的性质，我想，只做民宿，未免太浪费。年近不惑，我开始有了养老的规划，身边的几个朋友也同样开始考虑未来养老问题，希望大家老了能住在一起。花田篱下的规划设计理念有很多也基于此。比如三层的房子，一层四户，有公共庭院，也有私密阳台露台。熟悉的人一起养老，能有个照应，也有独立生活空间。几个熟悉的人一辈子生活在一起，是一件幸福的事情。

为了做好“花田篱下”，我还带着团队专门去考察了很多知名的旅居、养老项目，取其精华为“花田篱下”所用。希望为每一个喜欢腾冲的人，提供更好的生活。为了给大家提供更完善的健康保障，我还邀请了国内知名医生作为项目的健康顾问，也提供旅居服务，借助这几年深耕腾冲的经验，为旅居客人提供旅行专属服务，提供更多当地风土人情的深度体验。

简单生活
身心俱安就是快乐

做客栈这几年来，我除了积累了很多回头客，也收获了很多朋友。有年轻的建筑设计研究生，年逾古稀的退休领导，还有对中国文化充满向往的外国友人。我的朋友圈现在很多都是这几年的客人，有客人每年都会带着亲朋好友来住两三次，甚至有几个客人现在也已来到和顺定居。还有一些集团公司，例如阿里、宇通等也成了我们的客人，来和顺开年会、做团建。

让我特别感动的故事是，两位远自内蒙古而来的客人，把自己的婚礼放在了我们的“幸福里”店举办。新娘李薇 2016 年来和顺旅行时就入住了“幸福里”，2017 年遇到了新郎，回想起在和顺度过的美好时光，于是，2018 年，又带着心爱的人，不远千里回到了和顺，让“幸福里”见证自己人生中最幸福的时刻。

婚礼上的捧花，来自客栈里的紫色玫瑰、香雪兰和杜鹃；“幸福里”的所有服务人员，都像娘家人一样快乐地参与到婚礼的筹备；住客们也都被仪式上满满的幸福和浪漫感动了。

做客栈很辛苦，但是我看着这么多人在客栈收获愉悦的旅行体验，喜欢上和顺，就觉得很值得。刚来腾冲时，有老朋友担心我的生活会变得封闭，现在他说：“你现在朋友遍天下啊！”

对我来说，来和顺，是我最正确的选择。我人生中最有成就感的事情，不是考上了好学校、做出了什么精彩的策划案、成为股东拿到百万年薪，而是，我终于凭自己的力量，把一家人带到了这样如梦似幻的美好的地方，过上了健康、幸福的生活。

这就是我梦想中的生活。

但是，梦想并没有那么表面。在美好之下，建民宿、建酒店，与当地政府打交道的过程中，有过很多困难，我们拆掉重建过、被罚过款、买过价格虚高的货品……但是艰难度过这些困难之后，我仍然感觉现在的生活是幸福的。

没有从前在城市快节奏工作时的焦虑，也没有只是短暂旅游那种不能安心的浮躁心理，我把生活沉淀在了这里。对我来说，和顺不再是一个旅游名胜地，和顺就是我的家，是我简单生活的地方。

很多朋友来过和顺之后跟我说："你在这里很好，太羡慕你了！"真的请他们来定居，他们却欲言又止，像我当初一样有很多顾虑。对此，我感同身受。我们这一代中国人，精神上的条条框框还是比较多的，我们服从于社会的成功标准，对自己的精神需求，总觉得没那么理直气壮地去追求。

我想，人生每个阶段都是必经之路。如果现在舍不得城市里的生活，那么，说明暂时还不适合回归田园。不管是在城市，还是在乡村，人总要找到自己快乐的来源。找到了，过好自己就好。

也许也是当年 A 老师给我带来了精神上的深刻影响，精神上的满足感对我而言总是比物质和肉体上的满足能带来更多幸福感。我的快乐来源，就是旅行、做茶。我很认同《极简主义》这本书，到了人生这个阶段，我也在努力尝试把生活中不需要的东西尽量剔除掉，让自己更简单地生活。

我也没有什么宏大的人生目标，改变世界自有英雄去做，对我来说，能做小而美的事情就已经是全部了，这不仅是人生理念，也是做产品的理念。

吾心安处是吾家，愿你们的心也安放在自己喜欢的地方。

在新石器时代遗址上度过的一天

—

采访时间：2019 年 4 月 26 日
姓名：何湖
性别：男
年龄：50 岁

—

湖北人，从事考古现场挖掘工作二十多年，辗转于大江南北多个考古现场。在上海郊区的几个遗址工地上度过了来上海十余年间的大部分时光。

“在我老家农村，我这样的也算是福人了，没什么烦恼，儿女也孝顺!”何湖笑呵呵地跟我说。他做的是自己所爱的考古工作，有白头偕老的妻子一起在上海，还有一双平安和乐的儿女，完全没有一般所谓沪漂的不安定感。也许正如他所说，做考古要“思想单纯”，获得幸福感也如是。

此刻是下午两点二十分。

何湖的右眼紧贴着镜片，镜筒另一端对准了一个盛满碎石渣的小圆盘。他的右手食指和大拇指夹住一个尖尖的小镊子，操控着它从圆盘里小心地捻起一粒石渣，它看起来跟那盘子里其他数百粒石渣没有什么不同。

但是他轻柔地把它放在一张纸上，那里躺着刚刚被他搁下的另一粒。然后他在纸上记下：甜瓜子，1z1s。

——这是两粒四千年前的瓜子种子。

“1z1s 是什么意思?”我问。

“一整一碎。”他的眼睛和手仍旧继续着刚才的动作。

这张纸上第一行“遗址名称”之后，是三个工整的正楷字：大平村。

那里，是十多年前他来上海做考古技工的起点。

恐龙蛋“做媒”的考古缘

我做考古二十三年了。做考古，就是奔着好奇心才做的。

高中毕业的时候，我高考成绩上了武汉大学法学专业的分数线。可是我家里穷，父亲是农村老师，母亲在家务农，我下面还有三个弟弟妹妹，从老家到武汉的火车票三块七毛一张都出不起。父亲说，还是选个离家近的学校吧，早点出社会挣钱养家。

于是，那年秋天，我就到家附近的某市中专学校读地质矿学专业去了。那时候也没什么明确的兴趣爱好，学地质专业出来可以去矿上上班，是当时挺热门的工作。

读完两年半中专毕业之后，我开始在市地质大队实习，中间也短暂试过别的工作，不是工资特别低，就是离家太远，最后我还是在地质队安顿下来，经常跟着队里到处勘测，做测量员。

没想到，在地质队的工作意外把我引到考古的路上去了。

90 年代末某年，队长突然把我叫到南方某城市 G 市去出差

“参谋解决问题”。原来，当时 G 市市区修地铁的时候，遇到了地质难题，影响了地铁口修建。队长知道我对地层学有些研究，派我去当地做外援。

解决了地铁口开口的问题之后，地铁工地旁边正在修建的某大厦也遇到同样的地质问题，于是邀请我们过去帮同样的忙。

一过去，竟然就在地层爆破之后发现了恐龙蛋化石。

G 市考古所的人很快就到了现场，接管了工地，小心翼翼地把恐龙蛋保护起来，我们这些干地质的都靠边站了。那时候我就突然好奇起来：发现几个恐龙蛋化石，竟然这么重要？做考古，好像挺有意思的嘛。

我就开始动了心思。我托了市考古所里的一个湖北老乡介绍，加上我有地质学专业的学习基础，于是就被考古所录用做技工了，很快就开始接受技工培训，给我们培训的老师是 P 大考古系的学者。

关于考古工作的知识我们什么都得学，跟考古系学生学的没什么差别，足足学了两年，还经过了一次考试，才算出师。

当时我全凭一股好奇心坚持下去，学的时候问题一个接着一个，宋代人用的东西跟我们现在到底有什么不同啊？这个瓷片到底是哪个窑出的？……有问题了，就好奇，好奇的东西总得学完。

考古所的待遇也不错的，一个月工资一千两百多，我在老家的时候才三百呢。但是，干上了考古技工的工作，就没法顾家了。一年到头都得跟着所里在考古现场，只有过年能放一个月假回家看看。

考古工作圈里，技工往往不是固定在某个考古现场的，经常是技工跟着工地跑——哪里有遗址发现，急需技工，业内就互相介绍。我也乐意到处跑啊，在工地里有额外补贴，还能到处看遗址。

2004 年以后，我经常跟着 Z 大学、P 大学考古系的一些学者教授跑外地遗址带考古系学生实习，做田野考古工地的临时领队，还参与 Z 大学人类学系 L 教授组织的语言调查。我亲身经历了华南、西南好几个省份的数个遗址发掘工作，在外面工地一待就是三个月到半年。

2008 年，我正跟着 P 大考古系的 F 教授带学生实习，上海某考古队 S 主任给 F 老师打电话，他们在上海市郊的大平村文化遗址进行了一次大规模的发掘，但是分辨地层的时候遇到了难题。

F 老师把我也带来了上海，我虽然不敢在他们大专家大学者面前卖弄，但是确实有成就感！因为，那些北方来的技工怎么看怎么都弄不懂的地层分层，我到现场一看，就清楚了。

没想到，来了上海以后，就走不了了。大平村遗址的考古发掘有了很多重大发现，不只发现了新时期时代晚期上海地区外来移民居住的房屋木桩、捕鱼遗迹、高规格墓葬，还首次在上海地区发现了春秋早期的鼎制青铜礼器残件。

后来，S 主任就把我留在考古队做技工了。

那一年，考古队对市郊的另一处遗址贵山也进行了新一次发掘，又发现了尤村高台墓地。

我就跟着队里到了这儿。

我站在何湖工作的这间集装箱式方方正正的铁皮房里，看向屋外。

暮春时节的江南水乡农村，云雾低沉，烟雨朦胧。不远处，静静的绿色的溪流穿行在平坦的田野之中。屋前的隔离网上，蜿蜒着嫩绿的豆荚枝条，娉婷的豆荚已经挂了很多。隔离网后，是平平整整的一大块方形菜地，已经挖出一道道垄。工整堆砌的棕色土壤里，也许埋着不久后将要结出硕果的种子。

在这片用隔离网包围着的土壤之下，还埋着很多更重要的种子——这里是新石器时代良渚文化晚期贵族墓地，与全国重点文物保护单位贵山遗址隔河相望。

良渚文化是环钱塘江分布的以黑陶和磨光玉器为代表的新石器时代晚期文化，因1936年首先发现于浙江省杭州市余杭区良渚镇而命名，距今5300~4000年。

考古研究表明，在良渚文化时期，农业已率先进入犁耕稻作时代；手工业趋于专业化，琢玉工业尤为发达；大型玉礼器的出现揭开了中国礼制社会的序幕；贵族大墓与平民小墓的分野显示出社会分化的加剧；刻画在出土器物上的“原始文字”被认为是中国成熟文字的前奏。

良渚是中华民族和东方文明的圣地，国家文物局已正式将良渚遗址列入《世界文化遗产名录》预备清单。

从20世纪60年代至今，在上海地区也先后发现了多个良渚文化时期的遗址，出土了各类精美的玉质装饰品、石器、陶器等文物达2800余件。

历经六千年风霜的文明，现在装在一小盘棕色的土壤中，放在他的面前。

考古遗址植物类遗存研究工作的第一步是浮选，即将遗址中的土用筛子在水中清洗。清洗出来土样分为轻浮和重浮。轻浮主要是一些质地较轻的例如种子、果壳等遗物，重浮则是一些骨头、木炭、碎陶片等。第二步是实验室分拣，把洗出来的遗物在显微镜下挑选出来。第三步是分类鉴定，即进行植物种子等遗物的种属判断、统计。

在完成这三步工作的基础上，才能根据样品的类型和特征，推测出若干年前人类在遗址上的一些生活状态或古环境。

何湖今天要进行的就是第二步工作。下午三点了，他终于分拣到了第三袋样本土。从早上八点在工作桌前坐到下午五点，他可以做完三袋样本的分拣。每一袋，仅仅跟儿童拳头差不多大小，但是每一粒样本，都值得他向其中注入自己的时间和心血。

在他背后靠墙叠放着六个大方框，里面堆满了大大小小的样本袋。每一个方框，都意味着 30 ~ 60 个今天这样伏案一整天的工作日。

“没办法，最近只能做做分拣了。”

他翘起的右脚包被纱布层层叠叠包裹成了一块白砖。数天前，在某项目调查现场，他像往常一样走在无人踏过的杂草丛中做勘探，却一脚踩到了某块倾斜的水泥板，意外滑倒造成了右脚掌骨骨裂，也让他不得不卧床休息二十多天。

从前几乎整天在室外、野外做田野考古，这是他二十多年来第一次受伤。但是，远远不是一个考古技工工作中离危险最近的一次。

死神擦肩而过

十五年前，上海某大学考古系 L 教授紧急叫我赶往西部某县，在那里新发现了两座新莽时期大型墓葬，需要进行抢救性发掘。

我做考古工地的临时领队，组织了五个技工，开始在现场挖出方形坑道，为发掘墓葬内部文物提供操作空间。然而，在实际施工过程中，有些技工却没有按我预计的尺寸挖出足够大的空间。L 教授认为可行，而且还节省了运土的费用。经验告诉我，这样施工是有风险的。

果不其然。

某天下午，五个技工都在坑底做发掘的时候，我站在地面上查看，无意中发现坑道边缘开始有土块松裂的痕迹。

“快点闪到边上！”我大声朝坑底喊。

也许是在八米深的坑里没听清我的喊声，几个技工还在继续挖掘。我赶紧捡起一块石头朝他们身上扔去。刚刚把人都叫到裂痕处对面，一米多宽的大块土块就塌陷下去，轰地砸落坑底。

我当时心都快跳出来了。一阵灰土弥漫之后，确认了坑底的几个技工都没有受伤，才心有余悸地给L教授打电话汇报塌方事故。

这次安全事故，是我考古这么多年，离死神最近的一次。简直把我心都吓掉了。

干考古挺好玩的，但是有时候感觉也挺害怕的。尤其是在北方地区做遗址挖掘，很多都是墓葬，地势高差大，动不动几十米高的高空作业，我虽然没有恐高症，也觉得心里发虚。

但是，考古现场出现安全问题，其实都是因为有违规操作的存在。按正规的施工标准，怎么会出现问题！

考古中的人

来上海之前的四五年间，我都跟着Z大学、P大考古系的几位教授在各处田野考古现场带学生实习。跟实验室整理、修复工作比起来，我更喜欢田野考古。

而且，带学生好玩啊！学生们都对考古很有热情，而且年轻人嘛，都很有自己的想法，想什么说什么，还会跟我们辩论。

但是，我带过那么多学生里，最后毕业了做考古工作的比较少，在博物馆工作的相对多一点。每年考古系毕业生那么多，各个地方的考古队却只有那么些编制，倒是博物馆的数量多一点。也可以理解学生们的选择。

现在考古队其实也缺人的，缺有经验的技工。我这二十多年来，到处跑认识的技工也有二三十个了，里面我最佩服的是现在在某全国知名博物院的技工老李。

我认识老李是2007年在某龙山文化时期遗址现场。我跟他都在技工队里，他比我大三岁，我们认识以后聊了几句就感觉性格特别投缘，很快成了朋友。

那时候，我其实心里烦着呢，对考古工作有点动摇了。我天天在外面跑，长期顾不了家，父母年纪大了，都是我老婆照顾。两个弟弟还没成家，没定性地到处逛，也让我操心。

老李从我的言语中知道了这些事儿，他安慰我："你仔细想想，不干这个，要干什么？"

"在家附近找个地方工作吧……"我也没想好。

“我们这样的年纪，反正也吃不上国家饭了。同样打工，人家是低级的打工，我们干考古，至少算是中级打工吧？”

他这个说法，有点把我给镇住了：“是吗？”

“你想想，人家大教授拿的钱还不一定比你多呢，还把高才生都给你带，这还不高级？”

我转头去问Z大学考古系的J教授：“您拿多少钱工资啊？”

J教授当头给我骂一顿：“你还好意思问！我拿多少？我一个月才拿六千多！”

我就觉得不好意思了，我做技工当时工资有三四千块了，到外地做遗址发掘还有补贴也是平均一个月三四千块。考古队给我们这样的待遇，的确是一种很高的认可了。

老李又激励我说：“你要多学点，不用学太好，跟我差不多，就够用了！”他对考古的研究，那可就厉害了。他修复技术好，辨认古物也厉害！

我记得跟他在一块儿工作的时候，有一次，P大考古系的L教授、Z教授来调研，在工地看到他，很惊喜地打招呼：“哎呀，你怎么在这儿呢！”

我当时心里就可羡慕了，两位教授都是考古界的大专家，对他那种发自内心的认可，从几声招呼就看得出来了。

我也想做成那样的技工。

我就努力学啊，我地质知识和测绘没问题，就学修复、学写报告。现在还出现了植物考古、动物考古，不像从前，考古主要是研究过去人类生活的痕迹、古人使用的物品器具。现在还涉及了辨认遗址中跟人类生活相关的动植物。

我拿起工作桌上用夹子夹好的一沓纸，第一张上整齐地画了七行七列各式各样的植物图像，每一个差不多小指甲盖大小，笔触精细，根须、纹路笔笔清晰，每个图像下面工整地写着植物的名称：当归、女菀、牛毛粘草、金鱼藻……还有很多我闻所未闻的名字。

“我现在就学一些植物考古，做做分拣，给领导减轻一点负担。更复杂的知识，像那些电脑操作的，我就学不来了，没他们年轻人懂啊。”何湖撕下一张标签，写下名称和编号，贴在一个跟小指粗细长度差不多的透明塑料试管上，里面装着他刚刚从土样里捡出来的一小块棕色的鱼骨。

“在这里也没有什么时间学，我们队里包括主任在内一共不足十人，上海地区有数十个地下遗址，我们都要进行发掘，还有很多临时基建工地不算在内。”

今年初，贵山遗址第三次大型发掘工作暂时结束了，成筐成筐的土样堆放在这个十平米左右的工作间，等待着他和另外一个驻守在这里的技工小高分拣、登记。在贵山上，还有另外一间小屋，存放着上一次发掘、这一次发掘出土的文物碎片。

在脚伤之前，他白天去山上跟小高一起修复文物，晚上回到这间工作间做选样。

室内整理工作期间，考古队守在遗址现场的就两个技工、一个队员三个人。他们在遗址旁边租下了一幢二层民房做居住和工作场地，这一住，就是十一年。

“这里最好了！”他从镜筒前抬起头，脸上笑出了褶皱，“这里领队安顿得好，衣食住行什么都不操心！以前在野外，条件可就差了。”

我打量着这间铁皮房，破了皮的沙发、掉漆的茶几，占满一整面墙的高高的置物架，还有他的工作桌上，到处都灰尘仆仆。成筐的土样、已经登记好的试管、还没打开的试管盒、标签纸上下左右围绕着他。在他和显微镜之间的那一小块桌面，乌黑发亮、一尘不染。

房东阿姨默默地走进来，站在工作桌后。他略略扭头示意了一下，并不停下手里的动作。阿姨看见我，有点不好意思地笑笑，站在原地看了一会儿他的工作，又轻轻地出去了。

墙外的小路上不时有摩托车经过，近处和远处的狗吠声此起彼应。这是最寻常不过的江南水乡农村的傍晚。

五点是每天准时的晚饭时间。两荤两素，一个番茄蛋花汤，就是他们日常的晚饭。他和小高师傅，还有领队，围坐在一张小四方桌边上，几个人偶尔交谈，似乎很习惯彼此的沉默。

晚饭只花了二十分钟，他回到铁皮屋，继续分拣出种子、动物骨渣、土样里的碳粒。

“做这个工作很慢的，年轻人坐不住。”他眯着眼睛，除了双手，其他部位纹丝不动。

“做文物修复也是的，拼起来了有新鲜感，拼不好就感觉，烦！以前我脾气暴躁得很，现在被磨炼得，嘿嘿嘿，没脾气了。”

“你觉得考古对你来说有什么崇高或者神圣的意义吗？”我问。

“有啊！”他很爽快地点头。

我以为他会说出什么历史价值、文化感怀的话。

“最崇高的地方就是，好多学者都研究不出来的问题，我们在现场一挖就弄明白了！”

"这是指，实践出真知的意思吗？"

"对！"他坚定地点头。

二十多年来，发掘过数十个遗址，他印象中最激动的发现，是2004年那次惊险的发掘现场，亲手捧出了东汉末年至新莽时期的青铜剑。那次发掘，一共发现了一百一十多件汉代青铜器，包括后来被认定为国家一级文物的一盏精美的青铜灯。

但是，心情再狂喜，也必须谨言慎行。"我们只负责挖到文物，不能随便乱判断，更不能对外去流传。心里高兴，最多也只能私下跟同事们聊几句。"他说，"做考古，最重要就是思想纯洁。"

"思想纯洁？是指……不想名利吗？"

他扭过头来看着我，笃定地说："什么都不能想！"

我一时沉默了，想了想，又问："那，大多数人知道的考古人员，都是学者、教授之类的人物。你做技工，觉得受到认可吗？"

"技工嘛，就是默默地干，哪有多大认可呢。但是本来就是这个道理呀，文化不如人家嘛。"

"希望得到更多认可吗？"

"希望嘛当然希望，但是希望会破灭的呀！"他嘿嘿地笑着，继续盯着显微镜下。他的声音是年轻男子式的，清脆又轻巧，语调很自在的起伏，像是春日草地上随风悠荡的秋千。

今年9月，农忙季节之后，下一次的田野考古又要开始了。到时候，他的队员会增加到七八个，他将会有跟今天不太一样的一天：白天在墓地现场探方、测绘、铲边、提取土样、运土、收集文物，晚上带着比现在更多的样本土、文物残片，分拣、记录、绘图、修复、写工作日记……

他和他的同事们耗费经年累月的当下的时间，小心发掘出数千年里的岁月遗存，从中辨认和解读关于生命的真谛。

如此二十多年的考古生涯，周而复始，好像很绵长、很缓慢，但能在数十年里触摸数千年间的文明，也许，也可以说很迅捷，很幸运。

我向他告别，走出铁皮屋，屋外已经暮色四合，河对岸的遗址、眼前的墓地遗址、菜地、豆荚，都被罩入了暗夜。只有三两民房和刚才的铁皮房里透出灯光，闪烁着人们当下的生活。

五千年前，他们也曾经在此处生活，在这里埋下了过去，也许也埋下了我们血脉的源流。沧海桑田之后，现在，铁皮屋里的人们在这里留下驻守和探索的印记。在时光的长河里，还有很多很多人，像今天的我一样来到这里，什么也没来得及留下。

但是，我们都在这片土地上经历着独一无二的每一天。

番外篇：
可可西里的养路工

—

采访时间：2020 年 7 月 6 日

—

从不冻泉到沱沱河的 109 国道上，手边的雪山和云朵像快进中的电影背景，灵巧敏捷的藏羚羊不时跃入，野驴怔忡着望着远方。我们都在可可西里的掌上。

突然，这电影戛然而止。

下午三点四十左右开始，一辆又一辆大车小车次第在红色三角旗前停了下来。

看着越来越长的车队，举旗的女人叹了口气。

我走到车队最前方的时候，她正和路边蹲着的几位司机解释，大致意思是前面在给道路补油，她也不知道什么时候能通车。

这时，一辆小汽车颠簸着从路肩下方的土路上爬上来，看来准备绕过路障再往前开。

“那辆车从下面走了。”我提醒女工人说。

“没关系，他们走不了，到前面还是堵着的。”她挥挥手。

这时，又一辆没排队直接上前的车慢慢靠近，她一边挥旗子一边很无奈地说：“唉，这又是×××的孙子要过来了？这些人就不会排队吗？明明排了这么长的队，非得往前来。”

我笑起来：“×××的孙子？×××没有儿子，哪来的孙子？”

“谁知道呢，垃圾桶里捡来的吧！”“你没看见刚才非要走的那个车？刚才那个就是×××的孙子！那做派，跟我们平头老百姓可不一样，下来就耀武扬威问喂怎么堵住了？凭什么？还要给我们领导打电话呢。”她摇摇头，是戏谑的语气，但又掩饰不住怒气："我被这些人气得晚上都做噩梦。"

幸好，不是天天都得这样指挥堵路车辆。

在这片雪域高原，一年当中留给养路工人给公路涂上柏油的时间，只有六月底到七月初一个月，唯有这一个月的温暖，可以让柔和似水的柏油弥合千疮百孔的109国道。还有五天，今年的补油工作就完成了。

所有人的车就这样"幸运"地闯进了这段宝贵的时空里。而她呢，这半个月里，得天天从早八点到晚十点半在路上指挥堵塞。

"你们等得着急，我更着急啊！我现在就希望我们老大赶紧打电话来叫放车，我也烦得很。排队的车很少，来一个上来就要解释，为什么不让走啊？"

费唇舌很烦，可是没有唇舌可费，又是另一种折磨：

"有时候我一个人在这里，瞌睡得很。一个人在这里像鬼一样！我宁肯跟着队里干活，也比待在这里好。你们下来陪我聊一会儿，我可开心了。"

她的眼睛弯了，这笑容让我觉得这场意外的堵车，突然有了幸福的意味。

"手机打电话跟人聊天，也怕打没电吧？"我探询着问。科技的力量，能否给这近5000米的无人区带来些许便利？

“是啊，所以有时候我就只能对讲机里喊一喊：‘一号一号，呼叫二号，二号死了没有？’”我忍不住大笑。

“你站着腰不疼吗？”她慢慢坐下来，显得很费力，“你抽烟吗？”

我有点意外：“我不抽，你抽烟啊？”

“我不会打麻将，不会喝酒，就抽一支烟。”她拉下面巾，一支细细的烟被塞进去，一股烟雾被吐出来。

她的脸露出了更多的部分，我没好意思仔细看，她却爽利地把面巾拉得更低：“你看我晒得黑吧？我们晒得跟锅底似的！”

我摇摇头，不是安慰，她的确不如我一路所见到的藏民那样黝黑。厚厚的大红色围巾包住了整个头、额头和脖颈，还有花色的面巾遮住剩余部位，只剩细细的眼帘，如此一来，5000米高空的阳光还能把她怎么样？

她拉上了面巾，我也拉了拉自己的帽檐和面巾。女人的爱美天性，无远弗届，这是我们共享的语言。

这时，又来了一个没排队的小车，司机走到跟前：“前面堵车了？”

她用耐心的口吻再次重复了之前的回答。司机似乎接受了这个解释，又似乎心有不甘，但还是转头慢慢回到车上。

她悄悄跟我说："他看见你站在我旁边，就好好说话了，不然他就会龇牙咧嘴的。"

我大笑："不会吧？我站在这里还有这种效果？"

她猛点头："男人都是这样！之前我也遇到过，跟我油嘴滑舌，美女美女地叫，我说你别叫我美女，我已经85岁了！"

我笑得弯下腰去："你说话太好玩了！"

"我们同事也说我好玩，说我不在都没人说话。"她自己也笑，"昨天有个旅游车司机，也说我好玩，叫我跟他一起烫火锅吃，还给了我好多吃的。我就跟他吹牛讲阿拉伯的故事。他说我很好玩，我说你觉得我好玩，给我拉到上面玩三天再送回来。"

我还没想好要不要问阿拉伯的故事具体是什么——她的故事显然比阿拉伯有意思得多。

她又坐回地上，突然说："我月经已经35天没来了。"

猛地提到如此私密的话题，我有点猝不及防，只能回了一个："啊？"

"我带了早孕试纸，等40天再测比较准。"她自顾自继续说。

“你是说你怀孕了吗?”我有点惊讶，这样的身体状况，还要户外作业吗?这艰苦一时超出了我的接受范围。

她点点头：“我就想再要一个老二，背着她上班，哎呀……”

那双长长的眼睛又弯了。

她说，女儿已经15岁了，在拉萨上警校。丈夫也是同一个队的同事。女儿只能从小放在拉萨的婆家由老人看顾：“我三个月才能见女儿一次，见到她眼泪就流啊。”

提到拉萨，她又想起什么，掏出手机：“你看这是我前几天在拉萨拍的。”屏幕上是一个黑发白肤、穿着白色抹胸，戴着珍珠项链的女子，打扮与内地女子无异，但在某些细微之处却透露出异域风情。我很惊讶：“这是你吗?很漂亮啊!”

她高兴地说：“这是我前几天拍的，我不敢发网上，怕有人发炸弹什么的，现在网上也会发这些。”

我又再次感叹，她解释说，这里紫外线强得很，风也毒得很，我一回拉萨皮肤就好了。

我还没有去过拉萨，她没有去过内地。我想象不出拉萨会是什么样子，但应该是她心中世界上最美好的地方吧。

然而，养路的工作，两个半月才能休息一周。在这宝贵的一个月时间之外，其他时间，她跟男工人们一样，修路基、做保养。不冻泉公路段 72 公里，37 个工人负责。

日炙风摧是常态，还有地上奔驰着的庞然大物带来的死亡威胁。

"去年我们一个离临产两个月的同事，被旅游车撞死了，赔了两百多万。我们把那司机打得!"她的语气里有余怒，也有感慨，"我们干活齐心，打人也齐心。"

我很讶异，临产两个月，还要做户外工作？她却很平常地说："她自己要去啊，没办法，说明人到了死期了。"

"哎！这是活水，不能洗脚!"她突然朝着路边大喊。我循音望去，路桥下汪着水，装满了蓝天白云。不远处的岸边，有人似乎正在洗鞋子或是洗脚。

看不清那人是否遵从了她的劝阻。

"这水是活水!"她说。

"哦，是下游的水源?"

"不是，活水里都有水神!"她笃定地说，"我们单位有个女的，就是在活水里洗了手，后来手就这样了。"她模仿了一个手背往手肘翻折的姿势。

“迷信的东西你不信，会让你信的！”像是说给我听，又像是说给自己。

我相信。

在这青色的天空、蓝色的水合掌之中，肉体还未被打上任何烙印，精神已一洗如新。

路通了，车和人又繁忙起来。车身交错时，我冲着路政车上回家的她大喊：“谢谢你，大姐！”

她在一群橙衣工人之中，笑意满溢。